タイム屋文庫

朝倉かすみ

潮文庫

目次

タイム屋文庫

1　黒猫のひとまたぎ

ぱっ。市居柊子《いちいしゅうこ》は目をあけた。天井を見、あたりを見回し、またのあいだにうずくまっている真っ黒に気がついた。腹筋に力を入れて首を起こす。真っ黒なのは猫だった。

猫は、丸くなっていた。大きな顔だった。ひらたい夏みかんみたいにどっしりとしていて、見ようによってはふてぶてしい。ちょっこりたたんだ両の前足に二重顎をのせ、目をつぶっているから尚更《なおさら》である。

起こした首をもとに戻した。十畳の座敷のまん真んなかで、柊子は大の字になっている。

いつのまにか眠っていた。うつらうつらしていただけのつもりだったが、本格的に寝入っていたらしい。疲れていたのかもしれない。またのあいだで猫が丸まっていると気づかないほどに。

再度、首を起こして見る。やっぱり猫はそこにいた。妙に毛づやのいい猫だった。墨痕《ぼっこん》鮮やかという色をしている。柊子はかぶりを振った。そんなことがあるわけがなかった。またのあいだに猫がいるなんて。

だって、鍵をあけてこの家にはいってきた。スイッチを手探りし、電気をつけた。バースデイケーキみたいなこぶりのシャンデリアに灯がともった。鄙《ひな》びた灯が居間を照らした。居間にはだれもいなかった。いるはずがなかった。忍び足みたいな音は聞こえてきたが、なにしろ古い家だから、家鳴りが聞こえても不思議ではない。小さな足でそうっと歩くような音が聞こえてきても、今夜、柊子は怖くなかった。

足を閉じて、猫をはさんだ。もぎゃっと猫が鳴く。鳴いたし、腿《もも》の内側に柔らかな感触があるから、夢ではない。

猫はひらりと柊子の腿を乗り越えた。太っているのに敏捷《びんしょう》な動きだった。桃色の舌で前足を舐《な》め、顔を洗っている。からだをひねって脇腹を舐め、後ろ足をたかだかと持ちあげて股間を舐め始める。

柊子はひじ枕をしてながめていた。黒猫と目が合った。飴色《あめいろ》の目をしている。光線の具合によっては金色だった。わりに強い風が吹いた。窓ガラスをたたいていった。猫は、はっとした顔をした。ひげを立て、なにかあったら飛びかかる用意があるんだぜというふうな低い姿勢をとっている。

どこからきたんだといいたくなって柊子は少し笑った。おまえはいったいどこからきて、どうしていま、ここにいるんだ。

きのう、祖母が死んだ。

通夜は今夕、とりおこなわれた。

参列者はそう多くなかった。大往生とささやきかわす声が狭い斎場のあちこちから聞こえてきた。享年百一。

おとといの夜、手洗いに立ち、用を足し、でようとしたところで祖母は倒れた。救急車を呼んだのは歌子《うたこ》伯母だった。歌子伯母は、週に一度の割合で祖母の家に泊まっていた。

祖母には五人子どもがいる。その五人がゆるやかな当番制をしいていて、交代で老いた母のようすを見にいっていた。五人いるうち、うえ四人が女で、柊子の父は末っ子長男。祖母のようす見メンバーは四人の娘と嫁ひとりという構成だった。

歌子伯母はたいてい一泊しかしないが、その日はなぜか二泊した。祖母が倒れたのは二泊目のことである。

虫が知らせたんだねえと歌子伯母はなんべんもいった。いっては泣いた。泣いては洟《はな》をすすりあげた。ちんくしゃというかひょっとこというか、そんな顔つきだったが、真剣だった。

祖母はひとりで暮らしていた。デイケアの世話にはなっていたが、ゆっくりゆっくりでも身の回りのことはなんでもできたから、りっぱだった。手洗いで倒れる前にはお風呂にはいってからだをきれいにしていたから、これもまたりっぱだった。

柊子は、鼻の頭を熱く感じた。目の奥も熱かった。そのくせ、ぽっかりとした心持ちになっていた。胸のうちでなにかが口をあけているようだった。穴というよりしゃぼん玉を思わせた。弾力があり、透明だった。

柊子は祖母のようす見メンバーではない。

祖母と頻繁に会っていたわけでもない。

成人してからというもの、お盆お彼岸お正月の三度のほかは滅多に顔を合わせなかった。じつはそんなに思いだしもしなかった。

おばあちゃんも齢《とし》とったわねえ、と母がいい、そろそろ覚悟しとかなきゃならないのかもしれん、と父がいう、こんな会話は夕食のあと、たまにあった。天気を話題にするようだったが、天気の話より深刻なムードがあった。天気も祖母の死期も、こちらの一存でどうなるわけでもないし、仕方ないという共通点がある。

柊子は「仕方ない」のムードに合わせて、黙ってうなずき、お茶をすすった。でも、承服しかねた。そのムードがいやだった。なぜなら、祖母は死にそうになかった。死は、祖母に似合わないと思った。そりゃいつかは死ぬんだろうが、それは柊子自身の死と同じくらい遠くに思えた。

祖母の訃報を聞き、柊子はずいぶん泣いた。泣いた自分に驚いた。無条件にかなしい。祖母が死んだ、というその「死」は、ほかのだれでもない祖母の死だった。突然やってきて、目《まな》交《かい》まで迫った。近すぎてよく見えない。

そんなにりっぱで大往生じゃなくてもいいんじゃないかとも思った。祖母が「おばあちゃん」から「仏さま」に変わった気がした。

この「気」が一番実感だった。もともと祖母には「仏さま」みたいな印象があったのだが、死んだ途端にむやみに高いところに祭りあげられた気配があって、その気配が急だった。

祖母の名前はツボミという。知っていながら、柊子は祖母によく「お名前は」と訊《たず》ねたものだ。祖母はまず入れ歯をもぐもぐさせて、おちょぼ口で「ツボミでございます」と櫛目の通った薄い白髪頭をばかていねいにさげてみせた。ふたりで笑った。百と三十一であいみたがい、ころころと笑い合ったものだった。

斎場で夜をあかす家族や親戚と別れ、柊子は祖母の家に泊まることにした。鍵は父に借りた。五人の子どもたちはそれぞれ祖母の家の鍵を持っている。

斎場から祖母の家まで歩いて二、三十分の距離だった。

小樽は坂の多いまちだ。道中、けわしい坂はなかったが、あがったりおりたりして歩いていって、柊子は洗心橋《せんしんばし》という橋のたもとまでやってきた。ふっくらとした、こぢんまりとしたなだらかな登り坂をあがりきったら、祖母の家がある。

柊子は腕を振ってあがった。腕を振ってあがるほどの坂ではなかった。柊子は腕を振りながら、祖母の死に顔を払おうとしているのかもしれなかった。

知らせを受けて、勤め先を早退《はやび》けしたのはきのうのことだった。両親と姉はすでに病院にいっていた。柊子はひとりでJRに乗った。

札幌《さっぽろ》から小樽までは快速で四十分もかからない。しかし、その日の快速はひどくのろまに思われた。すれちがう電車のほうがよほど速い。柊子は焦《じ》れた。爪を噛《か》みながら窓に目をやると、なまり色の海が見えた。波が、へたな平仮名を書くようにうねっていた。寒く、さびしい光景だった。十一月十七日。

祖母は家に戻ってきていた。とうに死んでいた。白い布をかぶせられていた。布をはずして対面したら、祖母はまた少し死んだ。白装束を着せられて、ひつぎに入れられたら、もっと死んだ。親戚があつまり、挨拶をしたり、「虫の知らせ」の話をしたり、仕出しの手配をするうちに、祖母の皮膚はきみどり色に強張《こわば》って、すっかり死んで、死体になった。仏さまになった。柊子はもう泣けなかった。

「どうして坂があるか、知ってるかい」

なだらかな坂の途中で、祖母になぞをかけられたことがある。アイスを買ってもらった帰り道だったかもしれない。知らないと答えると、祖母はかんじと微笑み「地球が丸いからだよ」といった。

「ようく見てみ。ことによると、この坂の丸みは地球の丸みと同じでないかい？」

そうでないかい？　いやあ、ことによると、だけどね。

祖母は引き締まった表情をしていた。自説に確信を持っているようだった。鼻ぺちゃの横顔でしきりにうなずいていた。

柊子は腕を振ってなだらかな坂をあがった。坂のはしから、下水道をながれる水の音が聞こえてきた。耳をすませば、ようく聞こえた。湧き水みたいにこぽこぽと、清水みたいにさらさらとながれていた。どこかでだれかが洗い物をしたり、お風呂にはいったりしているのだろう。小樽。このまちが子どものころから柊子は好きだった。


「おばあちゃん家《ち》に遊びにいくぞ」

父の号令は海に直結していた。海と、坂と、下水道をながれる水の音。小樽には一家そろって車でいった。車は父が運転した。高速を使わず、海際をまがりくねる国道を走った。

右手にひろがる海を起点にして、遠心力で飛ばされるようにカーブを曲がるこの感じが柊子は好きだった。

白いガードレールも波打ち際も車の速度に合わせて動くが、水平線はゆっくりと向きを変えるだけだ。あそこから糸がのびていて、それはわたしたちの車につながっていて、完璧な円をえがいていると思った。このまま走りつづけたら地球を一周してきっと戻ってくるのだろう。

しかし、市街地にはいると糸はぷつりと切れるのだった。道幅が狭くなる。柊子は今度はモナコのまちなかを走るレーサーの心持ちになって、さっきまで考えていたことをいつも忘れた。

なだらかな坂道をあがっていくと、祖母の家が煙突からあらわれる。それから錆《さ》びた青いトタン屋根。つづいて白いモルタル壁。二階の窓の順番で祖母の家はせりだすように視界に登場してくる。玄関は最後だ。しかし、祖母がたんせいしている八重山吹の浅いみどりの葉に隠れて、全部見えない。

車をおりたら、黄色い花をつけた八重山吹の陰から黒猫が忍びやかに歩いてくる。

この黒猫は半野良で、祖母とはつかずはなれずの関係だった。猫は、わりと勝手に祖母の家のなかにはいった。盗られるものなんかなんもないさ、と、祖母は露台に通じる窓を猫のために少しあけていた。

これは寒くないあいだのことで、冬になったら、猫は祖母の家で暮らした。用足しのおりには露台から庭にでた。大のほうの用を足すときの猫の姿勢を祖母は面白がっていた。猫は蹲踞《そんきょ》の姿勢で瞑目《めいもく》し、きばるのだった。

冬でも猫はふらっといなくなった。二、三日より長く帰ってこないこともあった。祖母は案じていないようだった。猫には猫の用事があるんでないの、といっていた。

もしや。

柊子はひじ枕をよして、畳にうつぶせになった。猫のほうに匍匐《ほふく》前進する。猫は横幅の広い頭を低くし、構えにはいる。

前足に手をのばしたら、立ちあがって威嚇した。しっぽをふくらませ、跳ねるように後ずさりする。「やんのか、やんのか、おい」みたいな顔つきをしている。

柊子は「もしや」を「まさか」に換えた。ばけ猫にしては元気すぎるし、実在感にみちている。そこでふたたび「もしや」と思う。この猫は、あの猫の孫かもしれない。

「まさか」と打ち消し、口のはたで笑った。

居間の天井に目をあげる。こぶりのシャンデリアが五角形にへこませた中央にぶらさがっている。蠟燭《ろうそく》のかたちや、たれさがった涙形の飾りの影が天井に映っている。影はゆらめいていた。なにしろ古い家だから隙間風がはいってくる。居間を照らす灯も嘆息のように揺れている。

今夜十時ちょっとすぎ。柊子は祖母の家の玄関ドアをあけた。

おじゃまします、と、この家に声をかけて靴を脱いだ。

短い廊下を平泳ぎの手つきをして数歩、歩いた。居間にはいるドアを体あたりで見つけ、ノブをひねって少しあけ、腕をのばしてシャンデリアのスイッチを探った。探りあてカチッと押したら、部屋のなかが明るくなった。ゆっくりと首をもたげ、んんん、と、のびをするように、明るくなる。

左手に台所。その奥がお風呂。右手はこあがりの十畳間で、祖母はそこを仏間兼寝室にしていた。

柊子の頰に微笑が浮かぶ。廊下にたたずみ、ドアにこめかみをあて、しばしながめた。

二十畳の板敷きの居間である。祖父が存命だったころ、全面的に改装した。畳をはがし、ローズウッドの無垢板《むくいた》をしきつめた。壁と天井には白いクロスを張り、テレビをどかして大きな黒い薪《まき》ストーヴを置いた。

祖父は薪ストーヴに凝った。煉瓦《れんが》の模様の炉台は背後のパネルとおそろいだったし、ストーヴの前にはモロッコ製のハースラグをしいた。ほうき、火かき棒、スコップ、火ばさみ、ふいごを壁にかけた。かける順番も決まっていた。

その薪ストーヴは現在、使われていない。

祖母は薪を割れない。薪の調達もできない。

というより、祖母は面倒なのが苦手だ。薪ストーヴは火をつけるのも、適度な温度を維持するのにも技術と手間がいる。祖母は、祖父が亡くなった秋から石油ストーヴを導入した。薪ストーヴは鋳物のケトルをのせたまま、埃《ほこり》をかぶっている。

祖母は、遊びにきた息子を使い、十畳間に追いやられたテレビを居間に戻し、祖父のロッキングチェアを二階にあげさせた。このロッキングチェアのせいで居間のすみに移されたフロアランプは自力で十畳間まで引きずったようだった。フロアランプの高さは百四十センチ少々。祖母の背丈とほぼ同じだ。

茶だんすのうえには鮭をくわえた熊の木彫り、うちわを持った布袋《ほてい》さん、お隣の船乗りのご主人からいただいた巨大な貝などがぎっしりとならんでいる。「おくすり」と書いた紙が貼ってある薬箱もある。百円ショップでみつくろった空色の三段箱だ。

祖母にはインテリアという感覚がなかった。あったら、仏間にフロアランプを置かないだろう。ゴブラン織りの笠をのせたフロアランプを。

シャンデリアのした、居間の中心に三人がけの布張りのソファがある。布はびろうどで、琥珀《こはく》色の濃淡が花柄を浮かびあがらせている。そこにだけ、絨毯《じゅうたん》がしいてある。複雑な模様の絨毯だ。たくさん色を使っているが、派手な印象は受けない。

ローズウッドのがんじょうなセンターテーブルは高価なものだが、祖母は食卓として使っていた。テレビを観ながらたべるのに丁度いい位置だし、毎日の食事はダイニングテーブルではなく「おぜん」でたべたいといっていた。

そして、座ぶとん。

ソファとセンターテーブルのあいだに薄い座ぶとんが一枚ある。えんじ色だ。祖母のお尻のあとがついているようだった。

柊子は首をひねって、もう一枚の座ぶとんに目をやった。仏壇の前。こちらの座ぶとんは厚味があり、四隅に房がついており、金茶のカバーがかかっている。

この家にはいってきて、暖房をつけ、部屋がぬくまっていくあいだ、コートを着たまま柊子は仏壇にお線香をあげた。りんを鳴らして、手を合わせた。黒ぶちの写真立てのなかで、祖父がハンチングをはすにかぶって背筋をのばしていた。

祖父が他界したのは柊子が小学生の時分だった。葬儀のようすは記憶にあるが、そのときの心持ちがどんなだったかは憶えていない。祖母がじょぼじょぼと泣いていたのは憶えている。おばあちゃんの涙が、ほっぺたをすうっとながれていかないのが不思議だった。

仏壇にお線香をあげるのは、祖母の家にあそびにいったとき、まずやるべき慣習だった。

柊子一家の祖父への挨拶がすんだあと、祖母もおがんだ。祖母のおがみは堂に入《い》っていた。きのうきょうのおがみじゃない感じだった。タカシとヨウコとヒロミとシュウコがきてくれました、と、かなり明瞭な発音で祖父に話しかけていた。あたしももうじきそちらにまいります、とつづけた。

仏壇の前にあるふかふかとした金茶の座ぶとんにも、祖母のお尻のあとがついているようだった。なで肩の、薄い後ろすがたが見えた気がした。ちんまりそろえた足の裏。ミッキーマウスの靴下は、柊子が修学旅行でいった東京での自由時間にディズニーランドで買ったもの。

おまいりをすませた祖母は、老人にしては素早い動作で振り向いた。

「おじいちゃんが早くこいっていってた。嬉《うれ》しそうだった」

こう、報告した。


そういえば、と、柊子は猫を見た。

猫は熱心に毛づくろいをしていた。視線に気づき、身構える。

祖母とつかずはなれずの関係にあった黒猫は、「ばあさん、待ってるよ」といいのこしてふつりと行方をくらましたらしい。振り向きざまさあ、と、祖母はおだんごに結った白髪になか指を入れ、そこを掻《か》きながらこっそりと教えてくれた。

「あそこんとこ」

と八重山吹を顎でしゃくった。こんもりと広がった浅いみどりの葉のしたの湿った地べたを黒猫は歩いていったそうである。猫は、一度きりしか振り向かなかったという。

八重山吹は縦も横も祖母より大きい。ああ、そうだった、と、柊子は思いだす。あの八重山吹もしゃべるのだった。祖母が日向水《ひなたみず》をやったら、うひょう、と、歓声をあげたらしい。「気持ちいいです、おばあさん。ありがとうございます」といったというから、礼儀正しい八重山吹だった。

人間も百近くになると、と、柊子は思っている。あらゆるものと話ができるのかもしれない。聞こえないはずの声が聞こえてくるのかもしれない。

境界ということばが胸のうちにのぼってくる。糊《のり》しろでもいい。紙と紙を貼り合わすとき、糊をつける部分だ。そのややしわのよった柔らかな部分に祖母がいたのかもしれないという、このアイディア。柊子は首をゆるく振りながら、鼻息をもらすように笑った。

晩年、祖母はしばしばこういっていたという。あたし、今晩、死ぬかもしれない。なんだか、そんな気がする。

そんな夜は、居合わせたようす見メンバーに、お世話になりましたと頭をさげ、祖母はつねより静かに床についたようだ。そうして翌朝目がさめて「……ああ」と気の抜けた声をだしたらしい。きっとあれだね、と、死なかった理由を祖母はすぐに見つけた。あたしが夜中、いっぺん、おしっこに起きちゃったからだね。だから死ぬ機会を逸した、きっとそうだと祖母は信じていたようだ。でもおしっこは辛抱できるものじゃないしと、せつながっていたそうだ。

柊子はふとんをのべた。ふとんは押入れからおろした。フロアランプの電球がだいだい色にともっている。

猫は、こあがりの十畳間のへりにいた。目が合うと身構え、目をはずして見るとまた身構えるのだが、距離はじょじょに縮んでいた。だるまさんころんだのふうである。かけぶとんをはぐって、おいでと敷布をたたいてみたら、猫はあさってのほうを見た。

ぺろぺろと顔を洗い、はたりとやめて、居住まいをただす。両耳をたがいちがいに動かして、にゃあのかたちに口をあけた。なめてもらっちゃ困りやす、といっているようだ。そのへんの甘えん坊の飼い猫とあたしとは猫がちがうんで、よろしく。

はぐったかけぶとんをもとに戻して、柊子は目をつぶった。

枕もとのフロアランプのゴブラン織りの笠を目の裏に浮かべた。桐のたんすも浮かんだ。桐のたんすは仏壇の隣にある。祖母の両親がひとり娘に贈ったものだ。なかには畳紙《たとうし》に包まれたいい着物が数枚と、帯と付属品がはいっている。

祖母は家出娘だった。

腹心の友ハルちゃんと、ふるさと新潟をあとにして、津軽海峡《つがるかいきょう》を渡ったのだった。旅費や当座の資金は親のお金をちょろまかして充てたらしい。祖母の実家は地元ではなかなかの旧家だったそうだ。近在の農家をたばねる位置にあったらしいから、祖母はお嬢さまであったようだが、本人の弁なので真偽のほどは定かではない。

北海道の噂は行商人から聞いたようだ。行商人は、いいことばかりを吹き込んだようだった。かの地は当時まだ新しかった。少なくとも、祖母にとっては新しかった。

とりわけ若き祖母の心をとらえたのは、思うぞんぶん自転車に乗れるということであったらしい。祖母は自転車が好きだった。米寿のころまで乗っていた。ちょっと遠出して銀杏《ぎんなん》を拾いにいくのは秋の恒例だった。帰る途中で転んでしまい、十日間ほど入院し、以来、自転車に乗ることを子どもたちに禁止された。

腹心の友ハルちゃんと小樽にやってきた祖母は、くだんの行商人の口利きで紙問屋かなんかに奉公にあがったらしいが、このあたりのいきさつを柊子は詳しく知らない。その紙問屋かなんかで、旦那さまの大事にしていた壺を落として割って、怖くなって逃げだしたらしいのだが、それもまた詳しくは知らない。詳細を知らないのは、孫だけでなく、子どもたちもおんなじだった。

子どもたちが話を聞く気になったとき、祖母はすでに老人で、糊しろの部分にいた。ぱかっと蓋《ふた》があくように「奉公先で壺を割って、怖くなって逃げてきた」といいだすから、それはいつごろ？　と質問すると、「さあて」と首をひねるのだった。祖母はだいたいのことを「忘れちまった」のひとことですました。子どもや孫が、なあんだ、という顔をすると、「したけど」とむきになった。「このばあさんは仕合せなばあさんだ」といった。これだけはいっておかなくてはならないというように。

猫がかけぶとんに前足をそろりとかけた。

ゆっくりと体重をのせていき、踏み込めば、一歩となる。二歩。三歩。柊子は身じろぎもせず、猫の足どりを感じている。つま先ぎりぎりに腰をおろす感触があった。

少しばかり緊張していた。ご機嫌をそこねてはたいへん、といった心持ちになっている。せっかく猫のほうから接近してきた。動いてはならない。指一本でも動かせば、猫はどこかにいってしまうだろう。

気兼ねしいしい、柊子は息をする。祖母のにおいがする。きのう未明まで祖母はこのふとんで眠っていた。

祖母の眠りは浅かったと聞いている。眠りぐすりを使っていた。でも、そんなに効かなかった。この件にかんしてだけ、祖母は愚痴をこぼしたのだが、年寄りの睡眠が浅いのは当然のこと、と、子どもや孫たちに処理されていた。柊子も「そんなもんなんじゃないの」と祖母にいった。知り合いのあれこれの祖父母の例をあげ、「みんな、そうだっていっているよ」といったことがある。

祖母のにおいがする。土のにおいになにやら似ている。寝返りを打ちたくなった。眠れないのはつらいよねえ、と、いってやればよかったと思っている。

眠れないのさあ、と祖母がいえば、眠れないんだあ、といい、頭がぼやっとするのさあ、といえば、ぼやっとするんだあ、といえばよかった。祖母の気のすむまで、ずうっとやまびこしてやればよかった。

ふいにからだが持ちあがった感じがした。投げだされた感じに近かった。あるシーンがやってきた。切り取って、落ちてくるようにやってくる。

柊子は居間の絨毯に腰をおろして、足をのばしている。祖母はソファに座っており、前屈《まえかが》みになって孫の髪を編んでいる。

十六歳だった。ということは、祖母は八十五歳。何月かは忘れたが、初夏だった。三つ編みをしてもらいながら、柊子はよもぎ餅をたべていた。

よもぎ餅は祖母の得意とする甘いものだ。近くの原っぱで摘んだよもぎをアク抜きし、餅つき機でついた餅米に混ぜ込んで、またついて、あんこを入れてちょちょいと丸め、たくさんつくった。

柊子は指先についた白い粉を気にしながら、祖母に訊ねた。

「おばあちゃんはどうしてこのまちにきたの？」

いつもの問いだった。このころ、柊子はよくこの問いを祖母にした。

柊子が当時もっとも関心を寄せていたのは、出会いの妙というものだった。恋をしていた。相手は同じ高校に通っていた。吉成和久《よしなりかずひさ》くん。中学校は別だった。かれと出会うためにこの高校にきたのかもしれないと柊子には思われた。つまり、そんな年頃だった。

家出娘だった祖母はこのまちにきて、祖父と出会って、一緒になった。

家出のいきさつも定かではないが、祖父とのなれそめも定かではない。祖母の人生は全般的になぞだった。どこから解明していけばいいのかわからないほどだ。

しかし、柊子にとって、最大の不思議はぽーんと家出を決行してしまったその理由である。逆算すると大正。腹心の友ハルちゃんという連れがいたとしても、小娘ふたりで海を越え北のまちにやってくるには相当の勇気がいっただろう。

「おばあちゃんはどうしてこのまちにきたの？」

何度訊《き》いても祖母ははっきりと答えなかった。「忘れちまった」とか「なんとなしにでてきちまった」といっていた。

なんとなし、という理由はたしかに成立する。あとづけしないかぎり、理由なんてそんなものだろう。しかし、柊子は知りたかった。だって、祖母が家をでて、このまちにこなかったら祖父と出会うことはなかった。そしたら、柊子はこの世にいない。

「そうさねえ」

祖母は、首をひねって見あげてくる孫の頭を力を入れずにもとに戻した。

「それはねえ」

と三つ編みを再開する。両親と姉がにやにや笑いで柊子と祖母を見ていた。祖母がひとつ、息をついた。

「おまえたちに会うためだよ」

「わたしたちに?」

柊子はからだごと祖母を振り返った。祖母はあと少しで編み終える三つ編みの毛先を持ちながら、柊子の頭をまたもとに戻した。

そうだよ、と、低い声でいった。

「おまえたちに会いにきたんだよ」


ほんの一瞬しか見なかった祖母の顔を柊子はくっきりと思い起こした。白い髪にふちどられた小さな真んまる顔。深いしわがきざまれ、頬も顎もたるんでいる。眉も目も口角もさがっており、微笑んでいるのだろうが、無表情に近かった。しかし、そのとき、柊子の目にはつやつやとかがやくピンク色のほっぺたの娘さんが見えた。連絡船のデッキで潮風を受け、腹心の友ハルちゃんと笑いさざめく無鉄砲なお嬢さん。八十年後のことなど、知るはずもなく。

ぱっ。翌朝、市居柊子は目をあけた。天井を見、あたりを見回し、足の先にいる真っ黒を見た。

猫が首をもたげて、柊子を見る。目が合った。見合って見合って、はっきょい残った。行司の返す軍配が、柊子は見えるようだった。深くうなずく。

ひとまたぎした感じがあった。

糊しろ。あるいは宇宙のようなもの。

そこを、ひょいっと、ひとまたぎした気がした。

2　龍の舌の先には

一度動きだしたら止まらなかった。

からだが勝手に動いた。

忌引休暇を終えてすぐ、柊子は上司に退職を願いでた。

上司との話し合いは正味五分もかからなかった。かれはかれのやりかたで柊子の退職の理由を察したらしい。それでも退職日はひと月ほど延ばされた。引き継ぎをしなければならないというのが、おもな理由のようだった。

それに、と、かれは細い足をわりに高く組んだ。骨張った膝頭に手をおき、どうせ辞めるんなら、ボーナスがでてからのほうがいいんじゃない？　と、うっすらと笑った。口を閉じたままの微笑で、その唇は男にしては赤い。

柊子は目から先にゆっくりと顔をあげた。

パーテーションで区切られただけの簡素な応接室にいた。柊子は背筋をのばし、持ちあげるようにして首ものばした。お心遣い、ありがとうございます、と、ニュースを読むように答え、ぎゅうっと笑った。

慰謝料をはずまれた気がしていた。退職金もボーナスも会社から支払われるものだが、上乗せされた感じがした。

かれとは深い関係だった。もう二年になる。四日前にもふたりで会った。妻が子どもをつれて実家にあそびにいったとかで、その夜、柊子はかれの家に初めてあがった。

向こう三軒両隣。おんなじ家がならんでいる一区画のなかの一軒だった。小さな玄関に、小さな靴がそろえられていた。歩くたびにぴよぴよと鳴るサンダルだった。かれの娘は三歳である。

かれはすぐにパジャマに着替えた。うちに帰ったらこうするんだといい、パジャマズボンのすそをめくって、青白いすねを掻いた。それからコンビニで買ってきた弁当をふたりでたべた。

わびしい夕食だったが、柊子はそんなに気にならなかった。わるいことをしているようで、まだ、少しだけセクシーな気分でいた。たまに箸をおいて、軽い口づけをかわしたりもした。

よきところで、寝室に向かった。寝室は二階にある。階段の途中に花柄のワンピースを着たうさぎのぬいぐるみがあった。ベッドわきのテーブルには『ぐりとぐら』がのっていた。鏡もあった。毛抜きと、箱ティシューと、デジタルの目覚まし時計もあった。

かれは最初、新聞紙をしこうとした。こりゃあんまりだよな、と、柊子を見返り、えへへと笑った。しみがついたら洗えばいいんだし、とひとりごちて、でも、いわれもしないのにシーツを洗うと怪しまれるかもしれないなと、たいそう用心深かった。じゃあ、お茶でもこぼしたことにすればいいじゃない、と柊子はいった。寝室の照明はもう落とされていた。柊子の声の輪郭が薄明るさのなかに浮きあがった。

ベッドに腰をおろすと、お尻のしたでばねが弾んだ。柊子はスカートをめくりあげ、さっさとストッキングを脱ぎはじめた。セクシーとはほど遠い気分だった。

でも、あやすように触れられているうち、だんだんよくなった。かれの指に慣れてもいたし、こうするためにここにきたのだし、わるいことをしている気になったついさっきより、もっといけないことをしている感じがして、ぞくぞくと興奮した。

寝室の湿度があがり、自動式の除湿器が作動するなか、ことがすんだ。柊子の始末をやさしくしながら、かれが、あいつはじつはこれでね、と、手ぶりで妊婦のお腹《なか》をこしらえた。妻が子どもをつれて実家にいったのは、出産のためであったらしい。かれと会うのはこれきりになるだろうと柊子は思った。その予感は、玄関をはいってすぐのときから、きっとあった。祖母が亡くなったのは、そのあくる日である。

およそひと月後の金曜に、柊子は同僚から花束をもらい、送別会で少し酔った。徹夜で荷づくりをし、日曜に引っ越した。祖母の家に。

祖母の指定席だったソファの左はしに、柊子は腰かけている。東向きの大きな窓から海を見ている。

まだ四時にもなっていないのに、夕方が終わろうとしていた。外にも、家のなかにも、薄い藍色の紗《しゃ》がかかっている。フェリーが灯台に近づいていく。

窓の鍵をはずして、外にでようとした。東向きの窓は露台につづいている。結露が張りつき、凍っていたので、窓はあきづらかった。でも、えいっとあけた。靴脱ぎ台には、祖母のつっかけがあり、そのつっかけも凍っていた。靴脱ぎ台のところまではひさしが張りだしている。つっかけは雪に埋まっていなかった。十二月の半ばだから、そもそも雪は深くない。

外にでられる大きな窓が、祖母の家には、二ヵ所、ある。東と北だ。北は庭に面していて、東のは崖に土留めを打ってこしらえた露台に面している。コンクリをながした露台は、眺望台兼物干し場。雪がとけたら、コンクリが固まらぬうちに歩いた猫の足跡が点々とついているのがでてくるはずだ。

雪は柊子の足首くらいまでは積もっていて、踏み込むたびにざらりと触れた。暖気でゆるみ、冷気でしまる冬のはじめに積もった雪は、粒がとがって硬いのだった。

振り返ると、暗い部屋のなかのテレビが目にはいる。テレビのうえには藤色のお手玉と使い込んだ孫の手があった。比較的新しい大型テレビも、こうして見ると部屋になじんでいる。柊子の荷物だけがよそものだった。かど張った印象を受ける。

さっきまで姉がいた。荷物はこびを手伝ってくれた。適当に置いておいて、といったら、ほんとうに適当に置いていったひとでもあった。それでも姉は気にしていたようだった。

「あたしのせいなんでしょう？」

柊子の目を見ず、一度だけだが訊ねた。

八歳年長の姉は子どもをつれて、半年前から実家に帰ってきている。義兄が浮気をしたのだった。義兄は姉の勘ちがいだといい張ったが、若い女が大きなお腹をつきだして乗り込んでき、姉に離婚を決心してくれるよう直訴する事件が起こり、白状した。

「よくある話よ」

十年守った禁煙の誓いをやぶり、片膝立ててたばこを喫《す》う姉は適度にすさんでいて粋だった。なんか、かっこいいね、おねえちゃん、と柊子は軽口をたたいたのだが、姉が傷ついているのくらい察していた。

姉の息子は階下の部屋で祖父母と眠り、姉は、柊子の部屋に客用ぶとんをしいて眠っていた。姉は、眠れないといって、夜なかに柊子をしばしば起こした。

「だって、頭のなかがじくじくと熱くって、ボンボンが聞こえてくるんだもの」

ボンボンというのは、階下の両親の部屋にかけてある柱時計の音である。祖父のお気に入りの柱時計だ。祖父が亡くなったとき、父が末っ子長男として譲り継いだものだった。

祖母はこの柱時計にさして執着していなく、というよりむしろ、ボンボンのたびに猫もあたしも目がさめちゃってかなわないといっていたから、渡りに船のようだった。

「十一、十二とボンボンの数が増えていって、一、二、三とまた増えていくの」

柊子の耳には聞こえない音が姉には聞こえるらしかった。

「減ったと思ったら、すぐに増えるの。ずうっと増えていくの」

姉はせかせかとたばこをふかし、揉《も》み消し、またたばこをくわえて火をつけた。この単純な動作の順をときに間違え、半拍おくれてその間違いに気づき、舌打ちした。そうして夫のわる口をならべ立てた。よくもまあ、そんな細かいことを憶えているものだというくらい、瑣末《さまつ》な、しかし、具体的な事柄だった。事柄は、反転してもいた。いまというところから振り返れば、夫のすべてが姉にとって我慢できない欠点になるようだった。

「うん」

「そうだね」

「別れたほうが断然いいよ」

月なみな柊子の相槌《あいづち》に対し、姉は、

「ねえ、心が千々にみだれるってどういうことだか、あんたにわかる？」

「頭のなかが真っ白になるってどういうことか、あんたにわかるの？」

こう、大声をあげることがあった。そんなときには、姉のこめかみと首に青い筋が浮きでた。はえぎわと髪の分け目には、背丈をそろえて白髪がのびていた。

「気がくるってしまいそう」

両手で頭をおおって、姉は客用ぶとんにつっぷして泣いた。地ひびきみたいな泣き声だった。左手のくすり指。指輪のあとだけ、指が細く変形していた。

柊子は姉の髪を撫《な》で、おねえちゃんはきれいだとささやいた。姉の顔立ちは、本来、端正なのである。本来、と、注釈をつけなくてはならなくて、柊子はそこが痛かった。

要はよくある話だった。夫がよそに女をつくり、孕《はら》ませた、それだけの話。しかし、柊子は胸が痛んだ。静脈注射を打たれ、薬液がからだじゅうに廻《まわ》っていき、痺《しび》れるような痛みだった。

よくある話だが、不始末をした夫は姉の夫で、柊子にとっては義兄である。そして、これもよくある話だが、柊子の相手にも妻子がいた。姉の突然の不幸の原因は、めぐりめぐってわたしにあるかもしれないと柊子には思われた。

かれを自分だけのものにしたくて、あれこれ策を練ったことが柊子にはあった。そのなかのひとつに妊娠もはいっていた。それればかり考えていたひところもあった。

姉が正式に離婚したのは、祖母の死のすぐあとだった。向こうの女には子どもがうまれていた。もう、いいだろう、と、父が姉にいった。こっちから切ってやっちゃどうだ、と、薄く笑った。

両親は子連れで離婚した姉を全面的にバックアップした。父がいなくなった孫を、年金でクモンやスイミングに通わせている。

姉の就職にも骨を折った。姉は現在、個人病院の受付をやっている。父の友人の息子が院長をやっている内科小児科だ。父は菓子折りを持参して長年の友人に頭をさげ、一升瓶をさげて礼にいった。

柊子の部屋は姉の息子の部屋になるそうだ。幼稚園の年長さん。いまはまだ祖父母や母にべったりだが、じき自分の部屋を持ちたくなる。

祖母の亡きあと、祖母の家に住もうという身内はいなかった。このままいけば、解体ということになりそうだった。おばあちゃん家《ち》で暮らしたいという柊子の希望は、親戚一同から歓迎された。

だから、柊子が家をでたのは、姉のせいではない。会社を辞めたのは、深い関係にあったかれに子どもがうまれたせいではない。スポーツメーカーの営業事務の仕事が平坦に忙しかったからでもない。ただ、動きだしただけだ。動いてしまっただけだと柊子は思っている。

荷物は本が多かった。荷物のほとんどが本といってよかった。段ボールをあけると、とりあえず入れとけ、といった感じで文庫ノベルス単行本がはいっている。CDもDVDもある。全部持ってきた。数は合わせて五百ほどである。

タイムトラベルにちなんだものばかりだった。蒐集歴はおよそ十五年になる。きっかけは吉成くんのひとことだった。吉成和久くん。初恋のひとだ。

かれに会うまで、柊子は自分の初恋の相手は幼稚園時に思いを寄せたケンちゃんだとしていた。それからいろいろ目移りしたし、バレンタインには目あての男子の机のなかにチョコレートをしのばせたこともあった。しかし、吉成くんと出会った途端、それらの思いはまがいものだったと知った。以来、かれは柊子のなかで別格の存在でありつづけている。

その吉成くんが時間旅行のSFを好きだった。デイトをしたときに聞いた。大事な情報だった。かれとデイトしたのは、一度きりだったからだ。

洗ったばかりのお風呂につかり、柊子はからだを温めた。あす、灯油を頼もう、と、思っている。祖母のなじみの灯油屋さんに電話して、八重山吹のわきの四本足の空色のタンクに入れてもらおう。ガソリンスタンドで買ってきたポリタンクの灯油では、きっと二日ももたないだろうから。

えっと、それから、と、柊子は湯船で膝をかかえながら、あすやることを考えた。かかえた膝を胸に引き寄せると、膝は硬く、胸は柔らか。柊子が感じるどちらの触感も、お湯のなかだから、温かい。あしたは二階の掃除もしようと考えがまとまる。二階は物置になっている。

旧式のステレオの蓋をあけた。セットされたままのレコードに針を落とすと、布張りのスピーカーが喉を鳴らすように振動する。曲にいきつく前の針の音は、耳もとを飛び回る虻《あぶ》の羽音に似ている。スタンダードミュージックは祖父の好みだ。

窓越しに夜空を見やると、月がでていた。米粒みたいな色をしている。夜空の手前にあるように見えた。北の窓をえいっとあけて、見あげてみる。

月は光を放っていた。放った光は夜空をおりて、下界をあわく照らしている。月光まさに値千金。でも、寒かった。もっと、じかに見ていたかったが、柊子はすぐに窓を閉めた。

ところどころに引っ掻き傷がついている床に後ろ手をついて、足を投げだす。つま先を動かしてみる。

ここにいるんだなあ、と、思う。ここは案外遠くて、案外、近い。距離が自在にのびちぢみしている。

ああ、こんな感じだと柊子は思った。そう、こんな感じだった。祖母が亡くなった夜の感じ。

手をのばせば、指先に触れるのはコロ付ワゴンにおさまっている魔法瓶。でも柊子が「触れた」と感じるのはそれではない。上下左右前後の面で囲まれた内側で循環する無色透明の気体でもない。この感触は、たとえば。

たとえば、砂浜で、丸めた花ござを括《くく》っているひもをほどくとしよう。安っぽい薄手のござは龍の舌さながらに波を打ち、どこまでものびていくと、ひとまず、こういうことにする。

しばし呆然《ぼうぜん》とながめようではないか。龍の舌が水平線をめざしてうねりながらすんでいくのを半びらきの唇でもってながめよう。

すると、ほら、龍の舌は水平線をつっきって、先がぜんぜん見えなくなった。ここでひとつ息をつく。腰に手をあててもいい。振り向くと、自分が見えるはずだ。肩越しに見る「自分」はたくさんいる。ひとりだったり、だれかと一緒だったりする、それはシーンのようなもの。花ござは、砂浜に立ついまの自分の足もとにも、じつは向かってのびていて、道筋をつけていた。道をらせんに巻きつくように、あるいは、蟻《あり》の巣穴のように、シーンが立体的につながっている。

月光を見あげる柊子。湯船で膝をかかえる柊子。姉の髪を撫でている柊子。姉の背後にぽっかり浮かぶ義兄の背なか。お小遣いをもらった甥《おい》はわあいと喜び、父はため息をつき、母は鼻をすすっている、その右上に、かれ。深い関係にあったかれは、パジャマズボンのすそをめくって、すねをぽりぽり掻いている。かれの目つき。社内、社外、昼間と夜に、柊子にくれたちょっとした目使いが、あちらこちらに飛んでいて、そのとき感じた実感もあちらこちらを飛んでいる。送別会でさしつさされつ、どうして辞めちゃうの？　と同僚に訊かれている。べつにいいじゃない、そんなこと。そうね、べつにいいわね、といったのは友だちで、かのじょの名前は木島みのりで、柊子とかのじょは電車通りのカフェにいて、カフェの窓からいきかうひとをながめたときの、赤いコートを着た老女。つづけて、まちなかですれちがっただけのひとたち。ギリシア旅行で見かけた野良犬。さらに目をのばすと、歴代の恋人たち。歴代というほど多くはないけど、まあ、そういうことにして、圧巻なのは、えんえんとつづく、つい先ほどとそれ以前。

海にのびた花ござの先頭は目をこらしても見えない。どこからか、声がする。柊子は天をあおぎ、耳をすます。

「おまえたちに会いにきたんだよ」

つやつやとかがやくピンク色のほっぺたの娘さんは祖母である。祖母の気配はあらかじめ満ちていた。柊子の胸の内外で祖母はたたずみ、小さな真んまる顔をほころばせている。

柊子は、つい先ほどの「自分」に触れようとした。触れた、と、一瞬感じたその触感は、エマルジョンよりやや重い。そのまま腕を下手投げのピッチャーみたいにぶんと前方にさしだすと、なんにもない、と、いう、その手触り。

喉をそらして、柊子は笑った。

なんにもないけど、予感があった。ひたひたと水位をあげていくものは、たぶん、期待。このふたつがあればそれでいい。お金と甲斐性《かいしょう》があれば、もっといいけど。

シャンパンのあぶくがはじける音がした。ぷつぷつ、ぷつぷつ、と、柊子の耳をくすぐる。レコードが終わったらしい。龍の舌の先に向かって、だれかの名前を呼びたかったのに。

筋肉痛。でも、ひとりでは背なかに湿布をうまく貼れない。柊子は一計を案じた。ソファの後方に位置をとり、背もたれ上部に湿布を二枚、粘着面をうえにして置いてから、回れ右をし、そっくりかえって肩甲骨を湿布のほうに持っていった。

自力で背なかに湿布を貼る技を、ひとり暮らし初日にして早くも会得。よし、いっちょあがり、と、こあがりの十畳間にふとんをのべようと歩いていったら、柔らかなものが足の親指に触れた。猫だった。猫は、くだんの黒猫である。柊子はさほど驚かなかった。猫もさほど驚いていないようだ。柊子の足の親指がちみっと触れたしっぽをかかえ込むようにして舐めている。

「だから、おまえはいつのまに」

こう話しかける柊子の声は笑っていた。猫は笑わなかった。ひらたい夏みかんみたいなどっしりした大きな顔をちょっとあげ、なにが可笑《おか》しいんだ、という目をしている。もののついでのように顔を洗い、猫が顔を洗ったからってあすは雨とはかぎらないからな、といわんばかりによそを向く。

「……お腹はすいてないの？」

柊子は腕組みし、足もとの猫に訊いた。猫だから、答えるわけがない。そもそも猫は、柊子の言などには、聞く耳を持ってはいないようだった。

「しけったかつ節なら、あるよ」

あると思うよ、と、柊子が台所にいったら、猫はついてきた。軽やかな足取りだった。柊子を追い抜き、シンクのしたの引きだしの前に腰をおろす。柊子を見あげ、にゃあ！　と恫喝《どうかつ》するようにひと鳴きした。

引きだしをあけると、かつ節のほかに煮干しもあった。戸棚からふちの欠けた皿をだして、猫の前に置き、かつ節を入れてやった。

かつ節のはいった、もとは浅草海苔《あさくさのり》の缶を取りだしたときから、猫は身悶《みもだ》えして待っていた。猫だから「待て」も「よし」もせずに、がつがつとたべた。それを見ながら、柊子はシンクに寄りかかって、煮干しをたべた。小腹がすいていたのだった。煮干しは、もともと好きだった。苛々したときによくたべた。苛々するのは単にカルシウムが足りないせいだと柊子は思いたかったし、低カロリーだからありがたい。でも、煮干しの頭は苦いからきらいだ。

頭をちぎって、猫にやった。猫は、煮干しの頭になど見向きもしなかった。かつ節をたべるのをよして、柊子の足の甲に前足をそろりと置いた。柊子を見あげ、にゃあ、と、たいそう可愛《かわい》らしい声で鳴いてくる。煮干しを丸のまま一匹やると、さっさとそうすりゃいいんだよ、というふうに頭を残してむさぼりたべて、また、にゃあ。おまえは、だから、と、柊子は肩を揺すって笑った。どこからきたんだ。あっちか。それともこっちのほう？　柊子が指差した「あっち」はたまたま前方で、だから「こっち」は後方だった。

ちょっと目がさえた。ふとんは、もう、のべた。柊子は段ボールから本を取りだしている。あいた段ボールに猫がはいってくる。ひげをぴんぴんと立て、猫はまずにおいをかいだ。さら湯に足を入れるように、及び腰ではいっていって、割合早くくつろいだ。前足の肉球を、隙間にはえた毛を引き抜くように熱心に舐め、鼻息をもらしたのちに目を閉じる。

段ボール箱はいくつもあった。実家近くのスーパーや、姉の働く病院からもらってきたものだ。大きさがばらばらだった。

柊子は、本を取りだしては、床のうえに積んでいった。段ボール箱に向かって、あぐらをかいている。柊子の背なか側の半径に本がひと山ふた山と積もっていった。高低があるので棒グラフみたいだ。十冊くらいで向きを変えて積んでいるので、棒グラフの棒はでこぼこしている。

単純作業。柊子の目がさえてくる。今夜じゅうに終わらせたい気になっている。本を取りだしては、からになった段ボール箱を放り投げた。すぐさま立ちあがって、あるいはいざって新しい段ボール箱のガムテープをはがしていく。忙しかった。

猫も忙しそうだった。からの段ボール箱は、すべて検分しなければ猫の気がおさまらないようである。

途中、柊子は台所に立った。ミネラルウォーターをのんだ。猫もほしそうだったので、適当な深皿に入れてやった。柊子と猫は、ごくごくぴちゃぴちゃと水をのんだ。ふう、と、息をつくタイミングまで一緒だった。

「あと、もう少しだから」

と猫にいうと、猫はファイトのある目で柊子を見てきた。太ったからだのわりにはしなやかな長いしっぽをぴんと立て、柊子より先に居間に戻った。放りだされて横になった段ボール箱に早速、はいる。

柊子は居間をながめている。雑然とした景色だった。風のない夜だった。居間は静かに混沌《こんとん》としていた。積もった本のひとつひとつに物語がある。それらはすべて時間をいきするものだった。『夏への扉』『たんぽぽ娘』『シューレス・ジョー』『ふりだしに戻る』『マイナス・ゼロ』『御先祖様万歳』。表紙は閉じられ、ひと山ふた山と床に積まれているが、それぞれの物語がにおいのようにただよっている。

「タイムトラベルの本しか置いていない本屋があったらいいな」

知るひとぞ知るって感じでさ、目立たない小さな店でさ、無愛想なおやじがひとりいるきりで、と、吉成くんがいった。

それは柊子が十六歳になったばかりの初夏のこと。桜の花がすっかり散って、小路の地べたは薄いピンクに染まっていて、見あげたら、ライラックのつぼみがふくらんでいた。

吉成くんとの一度きりのデイトでいったのは小樽だったから、このまちである。かれは小樽のうまれだった。小五まで暮らしていたらしい。

「いいよね、この音」

「この音、いいよね」

道のはしの側溝をながれる下水の音にふたりは耳をすませた。坂道をのぼったりおりたりしながら、かれのいったことを柊子はただ繰り返していた。

柊子が申し込んだデイトにかれはつき合ってくれただけといってよかったが、そんなに迷惑そうに見えなかった。でも、ならんで歩く柊子側のかれの手はズボンのポケットにはいったままだった。ポケットからだすときは、時間の確認をするときだけで、柊子はそれがさみしかった。

ふたりはもくもくと歩き回り、迷子になった。散った桜の花びらがしきつめられた小路を歩いたのはこのときである。ここはどこだろう、どこなんだろうね、と、発展性のない会話をひとしきりかわし、かれは、ふむ、と、腕を組んだ。

「道を曲がったら、そこが全然ちがう時代だったりしたら、おもしろくない？」

「江戸とか？」

そんなにむかしじゃなくても、と、かれは笑った。子どもだった自分にでくわしたり、逆に大人になった自分と会ったりしてさ。

かれは生け垣の高さをてのひらで測りながら話していた。柊子は煉瓦の塀をひと差し指でなぞっていた。ふたりならんで歩けば丁度の道幅。それでもふたりの肩が触れ合うことはなかった。

ミネラルウォーターのペットボトルに口をつけた。眼前に、龍の舌がひろがっている。龍の舌のその先に向かって、だれかの名前を呼びたかった、そのだれか。

「好きなんだよね」

かれがいった。柊子の胸が太く打った。え、と、とても小さく訊き返したら、

「このまち」

と、かれが笑った。

「たぶん大人になっても一年にいっぺんくらいはくると思う」

「わたしも。わたしもそう思う。おばあちゃんがいなくなっても」

「そう？」

「そう。っていうか、うちのおばあちゃん、死にそうにないけど」

「じゃあさ、いつかばったり会うかもしれないね」

ばったり。

ばったり、には、柊子は同意したくなかった。いつかばったり会うためには、その前に音信不通にならなきゃならない。

どうしたの、と、覗《のぞ》き込まれて、顔をそむけた。ここでかれの肩にひたいをつけてかなしい、とか、そんなのいや、といえばぐっといい雰囲気になるのだろうが、それ

をやるには当時の柊子は純情すぎた。そうして、ほんの少し、愚かなようなところがあった。でなければ、こんなことはいわなかっただろう。しかも鼻のしたを袖口でぬぐって威勢をつけて。

「ケッコンとかしてください」

吉成くんはあからさまに狼狽《ろうばい》し、いった柊子もはげしく動揺した。ふたりでアハハと明瞭な発音で笑い合い、冗談にしようとしたが、だめだった。

……あははは。乾いた笑声を柊子は立てた。カーディガンを羽織ったパジャマの襟から手を入れて、背なかを掻く。純情で、ほんの少し愚かな一面はいまだに残っているらしい。当年とって、もう、三十一歳。でも、吉成くんに会いたいと思っている。かれの夢をそういえば、しばらくみていなかった。

柊子の夢に、不定期だが、かれは登場しつづけた。実際のかれとは高校卒業以来、会っていない。夢のなかのかれはだから、とても若い。煮干しをたべても苛々がおさまらない夜に、かれはしばしばあらわれた。ただ、あらわれるだけで、ひとことも発しないのがつねだった。でも、柊子は嬉しかった。かれを、かれを思っていた自分を忘れないでいたことが嬉しい。

居間に積もった本を元手に、貸本屋を始めようと、思いついた。時間旅行にかんする本だけを扱う本屋を、このまちの、この家でひらこう。たったひとりの客を待つ店があってもいいじゃないか。龍の舌の先にいてもらいたいひとが、柊子にはひとりいる。

どうなりたいとか、どうにかしようとか、そんな色気や野心はなかった。ただ、会いたいだけだ。すごく、会いたいだけだ。ずっと会いたかった。ひと目だけでも。

ふとんを引きあげ、柊子は息をもらした。

今夜、吉成くんの夢をみられたらいい。

貸本屋の名前はタイム屋文庫がいい。

動きだしたら、止まらなかった。止める気だって、いまはない。奇妙なことには、不安もなかった。

準備はいいか。用意はできたか。機は熟したか。その質問には答えられない。でも、柊子の胸のうちはオー・ライだった。親指を力強く立てている。

3　ツボミと柊子

バス通りの向こう側に石段がある。

胸に迫ってくるほどの急勾配だが、まさか直角ではない。それでも滑り台ほどの角度はあるだろう。両脇に段々畑状に平地があり、石段をはさんでシンメトリーに家が建っている。段々畑は三段で、石段のてっぺんには赤い屋根のレストランがある。そのレストランを柊子は目指している。チラシを入れた紙袋が重い。そして寒い。そのうえ滑る。

来週、「タイム屋文庫」が開店する。柊子の貸本屋だ。

新調したのはスライド書棚ふたつと背の低い本棚がみっつだけだった。いずれも床と色目をそろえた。通販で買った。しめて十一万九千八百円なり。

居間を店舗にする。柊子の考えた店のテーマは「おばあちゃん家《ち》の居間」だった。背の低い真んまる顔のおばあちゃんが両手をかさねて「ツボミでございます」とお辞儀をするようなムードの貸本屋にしようと思っている。

もともとあった茶だんすも活用した。うえにのっていた熊の木彫りの置物などは二階にはこび、CDやDVDをそれぞれ本立てではさんだ。

合間に配置したのは、いまはなき北海道拓殖銀行のノベルティグッズだった。ソフトビニールの熊の貯金箱が、サディスティック・ミカ・バンドのベスト盤と「スタートレック」のDVDのあいだでマラカスを振っている。

玄関はそのままだ。客は、靴を脱いでこの店にはいることになる（だって「おばあちゃん家の居間」だもの）。

だから、スリッパを用意した。五足もあれば充分だろう。

柊子は真新しいスリッパに足を入れ、初めてやってくる客のように居間にはいってみた。

まず目につくのは布張りのソファだ。布はびろうどで、琥珀色の濃淡が花柄を浮かびあがらせている。座面に大きめのクッションがみっつばかり置かれている。色は生成りで、綿毛糸で縄の模様が編み込まれている。

後ろ手を組み、柊子はかかとをちょっと浮かせて居間を歩く。はいってすぐのところにあるスライド書棚をしばしながめて十畳間を横切り、茶だんす、東向きの大きな窓を通って背の低い本棚、と、壁に沿って見ていった。

一冊手に取り、ソファに腰をおろした。客はこうして本を選び、ソファに腰かけ、きっと、くつろぐ。

ふと目をあげると、露台から海が見える。旧式のステレオから低くながれてくるのはスタンダードミュージック。台所に目をやると、そこは店主の定位置である。

ソファに本を置いて、柊子は台所に移動した。丸椅子に座り、リラックスしたふうに足を組んで居間に目をやる。お尻のしたには、祖母が愛用していた薄い座ぶとん。これは店主専用なのだ。

お茶をだすのもいいなと思う。コーヒー紅茶はむろんのこと、煎茶やほうじ茶もそろえたいところだ。となるとお茶請けもほしい。焼き菓子も結構だが、日本茶ならば胡瓜《きゅうり》や茄子《なす》の漬けものだろう。よもぎ餅、もしくは漬けものが祖母のだすお茶請けの定番だった。それはとても祖母らしく、だから、とても「ツボミでございます」の感じだと柊子は思ったのだが、わりに素早く、でも、と、思い直した。

店といっても、こあがりの十畳間と台所はむきだしだった。十畳間と居間を仕切る唐紙には、おねしょのようなしみが浮かんでいるので、閉《た》てることができない。

あけ放した十畳間には、仏壇や桐のたんすやゴブラン織りの笠をのせたフロアランプがある。それらが丸見えのところにもってきて、お茶請けに茄子の漬けものまでだしては「ツボミでございます」がすぎるのではないか。

しかも看板があれだ、と、柊子は石段をのぼりながら考えている。

一応、看板をこしらえたのである。金物屋で厚手の板を二枚買い、切り妻屋根のかたちに合わせて釘《くぎ》を打ち、茶色いペンキで店の名前を記した。「タイム屋文庫」とやや大きく、そのしたに「時間旅行の本、貸します」と小さく。面相筆《めんそうふで》を使い、いわゆる「へたうま」を狙って書いたのだが、結果はただの「へた」だった。

石段をのぼりきったら、景色がひらけた。突如、という感じで閑静な住宅街が広がっている。

柊子はレストランを見あげた。三角屋根がふたつ、つののようにつきでていて、白い壁には長方形の窓が三つならんでいる。海をながめながら食事をさせる趣向なのだろう。建物のぐるりに雪が積もっていた。まだ一メートル弱の高さがある。

来週から三月だった。貸本屋をやろうと思ってから二ヵ月が経《た》っている。

念入りに掃除をしたし、入用なものもそろえたし、単行本には半透明の薄紙をかけ、蔵書目録もつくった。あとは開店するだけだった。

　雪かきをしてつくったとおぼしき小道を柊子は歩いている。レストランの玄関は、向かって右にあるようだった。長方形の窓越しに、開店準備をしている店のひとたちが見える。

　レストランの玄関ドアは焦げ茶色だった。ヒワタリ、と、書いてある真鍮《しんちゅう》のプレートをランプが控えめに照らしている。柊子はステップをあがり、ノブに手をかけた。準備中の札がかかっていたが、鍵はかかっていないようだ。鼻から息を吸い、吐くと同時にドアをあけた。


「チラシ、置かせていただけないでしょうか。来週、開店する貸本屋なんですけれども。こちらのお店のすぐしたの、バス通りを渡ったところにある家なんです。お忙しいところ、申し訳ありません。いま、よろしいでしょうか」

　レジの女の子のえくぼがきゅっとへこんだ。

　ひと息でいいきった柊子は、手の甲をひたいにあてている。手袋をはめていたから、湿った感触があった。へんな愛想笑いを浮かべている。話す順番を間違えたのは、第一声を発したときから気がついた。まくし立てるような早口だったのにも気づいていた。あがっているなあ、と、これはレストラン・ヒワタリのドアをあけたときからわかっている。

「店長を呼びますので、少々お待ちくださいませ」

女の子が型通りに頭をさげた。後方の、たぶん厨房《ちゅうぼう》につながるドアをあけて、肩からはいっていく。ポニーテールが左右にはずんでいた。

チラシを入れた紙袋を床に置いて、柊子は手袋を脱いだ。

壁面の鏡に目をやったら、頬も鼻も爆発しそうに赤かった。髪は後ろで結わえているが、風にあおられ大量の後れ毛が発生している。鏡に向かって両手で撫でつけ、さらに頬もひたいも撫で擦《こす》った。若干の水っ洟を認めたので、すすりあげたのち、なか指でおさえる。

「チラシ、ですか」

振り向いたら、コックさんの恰好《かっこう》をした背の高い男がいた。

「お寒いなか、ご苦労さまです」

かれはまずねぎらいのことばをかけてきた。目尻に微笑をためている。感じのいいしわだと柊子は思った。目尻、目のした、法令線。肉の薄い雪灼《や》けした皮膚に、小さな黒子《ほくろ》が散らばっている。

奥のテーブルに案内された。高い背もたれの椅子に腰をおろして、柊子は窓に目をやった。家で見るより、海が遠くに見えた。小さいけれど、広くも見えた。首をのばして自分の家を探してみる。

店長は席をはずしていた。厨房にいっているらしい。お盆にコーヒーをのせたウエイトレスをしたがえて、お待たせしました、と、戻ってきた。温かいものをのんで、柊子の頰が一層赤くなる。

「これ、なんですけど」

洟をすすって、紙袋からチラシを一枚抜き、テーブルに置いた。パソコンでつくったチラシには、店名と、特徴と、かんたんな地図を載せてある。

失礼、といって、ヒワタリの店長は清潔な指でA４のコピー用紙のかどをエレガントにつまんだ。はすに腰かけている。軽く組んだ足が長い。コピー用紙を持っていないほうの手を顎にあてている。前腕も長かった。クラシック音楽が低く聞こえる。たぶんエルガーの「愛の挨拶」。

「あれっ」

しかし、かれは素っ頓狂な声をあげた。

「ここって、市居のばあさん家じゃないか？」

チラシから顔をあげ、柊子を見た。

「あんた、ばあさんのなに？　孫？」

立ち入ったことを訊いてくる。もしかして、と、テーブルにのせた前腕を起点にして、かれは身を乗りだしてきた。

「シュウコちゃん？」

と、ひと差し指で柊子の鼻先を指す。

「ええ、まあ」

そんなところです、と、ちょっと顎を引いて柊子が答えると、
と腕を組んだ。やっぱりねえ、と、しきりにうなずいている。だと思った、などと
「やっぱり」

半笑いで呟《つぶや》くから、感じが急によくなくなった。

「あの、やっぱり、って」

愛想笑いを頰にはりつけて柊子が訊くと、

「ばあさんがいってた通りだから」

との即答が平然とくる。

「と、申しますと？」

こう訊ねる柊子の返しと眼光はなかなか鋭かった。ところが店長は意に介さぬようで、半笑いを浮かべたまま、椅子の座面の横幅いっぱいに足をひらいた。ネクストバッターサークルにおけるイチローみたいに肩を交互に入れて、焦らすように間合いを取る。

「ヒロミは器量よしだけどけんがある。サエコはおっとりしてるといえば聞こえがいいけど、ありゃただのぼんやりだ。シュウコには考えなしのところがある。本人は考えてるつもりだろうけど、でも、あの子の根っこは抜け作だから、と、生前」

「ああ」

そうですか、と、柊子は浅くうなずいた。

椅子の背もたれに放り投げるようにからだをあずけ、唇をちょっと舐めた。裕美は姉で、さえこは従姉妹《いとこ》だ。ふたりのことを考えると、祖母の孫評はいいえて妙かもしれない。

「いや、失礼」

口に手をあて、店長がいった。その手を握ってこぶしをつくり、今度は鼻にあてて、笑っている。

三十五、六、と、柊子はかれの年齢を見積もった。そのわりにはこちらを見る目が、がき大将のようである。最前まで穏やかな微笑をたたえていたのが嘘のようだ。いまも椅子の後ろ脚が持ちあがるほどに前傾し、テーブルにのせた前腕に胸を押しあてている。
「ばあさんから、おれのこと、なんか聞いてない？」

樋渡徹っていうんだけど、と、指でテーブルをこつこつと打った。指の腱《けん》が手の甲で連動している。

「ああ、それなら」と柊子がかれの手首の横の丸い骨を見ながら答えたら、「聞いてるんだ？」と乗りだした身をプールからあがるように起こす。

「いえ。でも、たしかお葬式のときに花輪を」

「貸し切りがはいっていけなかったんだよね、葬式」

カタン、と、椅子の後ろ脚を床につけ、樋渡徹は背もたれを脇ではさんだ。うつむいて爪を弾《はじ》いている。

親戚のだれひとり知らない名前だった。

祖母の彼氏かと一瞬話題になったから憶えている。やるもんだねえおばあちゃん、といったのは歌子伯母で、もてもてだったかもよ、と姉が応えた。父がつまらないことをいうといい、場が沸いた。すぐあとに、その前よりも深い沈黙が落ちてきた。柊子は「供」のしたに筆字で書かれた樋渡徹という名前のかたちを目でなぞり、笑った顔をしていた。いつまでも笑ってるんじゃないと父に注意されるまで。

「いや、どうもご愁傷さまで」

遅ればせながらでありますが、と、樋渡徹はコック帽をとって頭をさげた。

レストラン・ヒワタリの営業時間は午前十一時から三時までのランチタイムと、午後五時から十一時までのディナータイムに二分割されているらしい。

そのランチとディナーのあいだの時間に、樋渡徹は「タイム屋文庫」のようすを見にきてくれた。

「実家かよ」

開口一番、かれは、いった。

「どこのだれのなのかはわからないけど、とにかく『実家』って感じだな」

これ、貸本屋じゃないぞ、と、柊子を振り返った。だからといって、古民家改装のカフェってやつでもない、と、顎に手をあてる。

「仏壇はないよな」

あれ、ぐるぐる回るやつなんだろ？　と、仏壇の前に置いてある灯明を指差した。スイッチ入れましょうか、と柊子がいったら、頭の横で手を振った。

それでもかれは仏壇に手を合わせ、祖父母に挨拶してくれた。わりに長い挨拶だった。目をあげて、仏壇のうえにかかっている祖父母の遺影をしばらく見ていた。

「でも、店として、仏壇はよしたほうがいいんじゃないのか」

立ちあがり、数歩歩いて、十畳間と居間の境の鴨居《かもい》に手をかけ、かれはいった。ゴブラン織りの笠をのせたフロアランプと桐のたんすをちらと見返り、これはまあ、しようがないとして、と呟く。

「仏壇をほかの部屋に移せないのか？」

柊子が黙っていると、

「移したくないんだな」

と襟足をさすった。柊子がおねしょのようなしみの浮きでた唐紙を引いて見せたら、成程、と、軽くうなずき、表具屋を紹介するといった。

「いろいろとどうも」

柊子の声は小さかった。張りもなかった。

でも、かすかに笑っていた。うわ唇が糸で引っ張られるような笑いようだったから自嘲である。午前中にかわした樋渡徹との会話を思いだしていた。

「どうしてわたしが柊子だってわかったんですか」

レストラン・ヒワタリの奥の席で、柊子は樋渡徹に訊いた。かれは祖母から三人の孫の寸評を聞いていたらしいが、なぜ、抜け作な孫が柊子だとすぐにわかったのだろう。

「消去法ですか」

「いや、むしろ一点買い」

樋渡徹はＡ４コピー用紙を指差した。

「肝心なことが書いていない」

営業時間、定休日、それにシステム。貸本のね、と、かれは微笑した。

「これじゃあ、客はいついったらいいのか、わからないだろ？　一冊いくらで何日借りられるのかもわからない」

「営業時間はわたしが家にいるときってことで」

「ワタシがいれば、二十四時間営業なのか？」

「そこは常識の範囲内で」

貸し賃はだいたい百円で、期間は一週間を目安にして、と、柊子はつづけた。

樋渡徹は顎をあげ、唇をちょっと歪《ゆが》めて聞いていた。「だいたい」とか「目安」とかいうところで短い鼻息をもらした。ワタシの気分次第ってことですか、と、チラシを放り投げる。

「ワタシが休みたくなったら休んで、ワタシが気に入った客なら安くして、いけすかなきゃ吹っかけるおつもりですか？」

「そういうことじゃなくて」

柊子はいった。少し前のめりになっている。からだも声もどっちもだ。

「おばあちゃん家の居間で、時間旅行の本を読んでくつろいでもらいたいのよ。憩いの場を提供するっていうか、こう、たゆたう感じを実感してもらいたいのよ」

「そりゃずいぶんロマンチックなことで」

たゆたっちゃうのかよ、と、樋渡徹は前髪を掻きあげた。テーブルに置いたコック帽に手を入れて、くるりと回す。

柊子はソファの座り心地のよさや、寝転んで本を読めるように用意したクッションや、お茶をだすこと（お茶請けも）をやはり前のめりの姿勢で話したのだが、

「貸本屋なら」

明瞭な発音でことばを切られた。

「立ち読みさせないほうがいいんじゃないのか？　読んでしまった本は借りないだろうよ。図書館じゃないんだからな。お茶をだすのはあんたの勝手だが、ただ客をくつろがせるだけじゃ商売にならないだろ？」

『泣いたあかおに』の赤鬼さんじゃあるまいし、と、コック帽から手を抜いて、長めの息をひとつつく。

「居心地のいい『場所』を提供したいのなら、そのぶん、金をもらってもいいんじゃないか？」

「場所？」

「と、時間」

でも、このふたつに金をださせるのはむつかしくてね、と、うっすらと笑う樋渡徹はかなり年上に見えた。

「お茶をだす気があるなら、喫茶店を兼ねたらどうだ」

コーヒーや紅茶のいれ方なら、おれが教える、と、かれはいった。できればちゃんと憶えたほうがいいといった。

「旨《うま》いほうが絶対、いいんだ」

あんたはばあさんが使っていた流しで、静かに丁寧にお茶をいれるんだ、儀式みたいにね、といわれ、柊子のまぶたの裏に絵が浮かんだ。

真新しいスリッパに足を入れた客が、ソファに腰かけている。客は、所在なげに座面を撫でている。と、ここまで思ったとき、柊子は、まぶたの裏に浮かんだ絵のなかにするりとはいっていった。厚ぼったいびろうどの感触がてのひらにきた。古いステレオからながれるスタンダードミュージックも聴こえてくる。ぷつぷつという針の音がこそばゆいので首がすくまり、つと台所を見やると店主がいる。湯気のあがったポットを持って、ひっそりとお茶をいれている。

ムードがただよっていた。それはたぶん、「タイム屋文庫」だけが持つムードだった。ようこそいらっしゃいましたとふかぶかと頭をさげるツボミが見えるようだ。

柊子はかぶりを振った。

「タイム屋文庫」にきた客ならば、住んでいる場所がどこであれ、遠いところからきてくれたと思えてならない。

遠方からきた客は、客というより、まろうどである。もしかしたら、一度きりしか会えないかもしれないけれど、でも、だからこそ、稀《まれ》にくるひとたちなのだと、そのとき、柊子はくっきりと思った。

「たゆたってるっぽいだろ？」

樋渡徹が頬杖をついて、柊子を見ている。

「っぽいね」

目を伏せて、柊子は答えた。少し笑って。

あくる日、表具屋がきた。二週間ほどみてほしいといっていたから、開店は日延べとなった。

柊子はレストラン・ヒワタリでウエイトレスをやっていた。手のすいたときにはコーヒーや紅茶のいれ方を教わった。柊子にとっては修業である。しかし、樋渡徹は給金をだしてくれるという。こっちも助かるし、そのほうがあんただって助かるだろ、と、ざっくばらんな口調でいった。

柊子としては冥利がどうもわるかった。給金の額はほんのぽっちりだったが、「面倒をみてもらっている」という手触りがあった。樋渡徹の好意にしなだれかかっているという感じだ。男の引きをえて、得をしている女の図ではないかとも思える。

最初からその気で樋渡徹に近づいたのなら平気だろう。取り入るつもりなどちっともなかったのだから、もっと平気でいいはずだ。でも、「そんなつもりじゃないのに親切にしていただいて」と当惑のふりをしてみせる女が柊子はあんまり好きではなかった。もしだれかに訊かれたら、そんなことをいいそうで、樋渡徹の親切はありがたくもあり、少し重たくもあった。

ところが、レストラン・ヒワタリの従業員は、店長による柊子への厚遇を気にかけていないようすだった。「市居さんとこの」で、話が通じている模様である。たいへんでしょうけど、がんばってください、と、応援までしてくれる。

「はい、がんばります」

家に帰って、仏壇に手を合わせ、レストラン・ヒワタリの従業員にいったことばを繰り返した。立ちあがって数歩歩いて、十畳間と居間の境の鴨居に手をのばしてみる。樋渡徹がやすやすと摑《つか》んだ鴨居だったが、柊子の指は触れるのがやっとだった。

かれが男だということを意識しすぎているのかもしれない。二年の不倫でよくない癖がついた。不倫の相手は柊子の直属の上司で、だから、勤務査定がちょっとだけ甘かった。「そんなつもりじゃないの」といってのける女はそのときだって好きではなかった。でも「そんなつもりじゃないの」といえる女になるのは、わりに気分のいいものだった。

台所にいった。引きだしをあけて、煮干しを取りだす。小腹がすいていたのだった。レストラン・ヒワタリでまかないをたべて帰ってきてから、三時間が経っている。

1　入会金は五百円。身分証明書の呈示が必要。
2　貸しだし料金はＤＶＤ、ＣＤともに二百円、単行本百円、その他は五十円で、期間は一週間。延滞料は一週間までは貸しだし料金と同じ。その後は一日ごとに五十円徴収。
3　本を紛失したら、弁償してもらう。弁償額はアマゾンのマーケットプレイスを参考にするが、その限りではない。(だって、売値一円のことがある)
4　のみものは一律三百五十円。お茶請けは基本的にださないが、店主の気が向いたらだすかもしれない。
5　営業日、営業時間は、これから決める店主のバイト先次第。土日祝日だけの営業になるかも？

「『かも？』ってなんだよ」

樋渡徹が鼻で笑ったのもいまから三時間前のことだった。貸本システムの草案を持ってこいというので、柊子はかれに見せたのだった。
「バイトが本業か？」
柊子としては、生計はバイト代で立てるつもりだった。「タイム屋文庫」は、そもそも、たったひとりの客を待つ店だ。

小さい窓の向こうの夜空を漫然とながめながら、柊子は煮干しを機械的に口にはこんでいた。台所にいる。シンクに寄りかかっている。目をさげたら、皿がふたつ、足もとにあった。ふちの欠けた皿にはカリカリが盛られ、深皿には水がはいっている。猫は、ここ数日、すがたを見せていなかった。こないだきたのは、と、柊子は記憶をたぐった。あれは、そう、レストラン・ヒワタリにチラシを置かせてもらいにいった日の夜だった。樋渡徹が店のようすを見にきてくれて、仏壇に手を合わせ、帰っていった夜である。柊子はこあがりの十畳間に視線をのべた。指を折って数えてみる。あそこでかれと話をしてから、一週間も経っていない。

「まごうことなき抜け作です」

自嘲したあと、柊子は頭をさげたのだった。

そうだな、考えなしだよな、と樋渡徹は大きく笑った。こちらはまったき笑顔である。

「でも、ばあさんには負けるな」

遺影に目をあげ、かれは、腕を組んだ。まーずいぶんおすましちゃって、と、真面目くさった真んまる顔に声をかけた。

「規模が全然ちがう」

祖母と柊子の無鉄砲をくらべ、また、笑った。

柊子も笑った。たしかにスケールが全然ちがう。なにしろツボミは二十歳になるかならずの年頃で腹心の友ハルちゃんと津軽海峡を越えたのである。樋渡徹がいった。

「根っこは抜け作くらいのほうがいいんだってさ」

だって、あなた、と、祖母はかれにいったそうである。なにごともやってみなけりゃ、わかんないじゃありませんか。

それはひとむかしも前のこと。先代の父が亡くなって、かれが急遽《きゅうきょ》店を継がなければならなくなったとき。意地のわるいことをいったりしたりするひともいるかもしれないけど、助けてくれるひともきっといますよ、と、祖母は若いかれに請け合ったそうである。

「年寄りによくある無責任な安請け合いだったのかもしれない」

樋渡徹は口もとだけで笑った。

「あのとき、おれを励ましてくれたひとは、市居のばあさん以外にもたくさんいた」

ありがたいことにね、とつづける。

「でも、腹が決まったのは、ばあさんのひとことを聞いたからなんだ」

かれは深くうなずいた。

「なにしろ明治うまれの家出娘がいうことだからね」

抜け作くらいで丁度いいかもしれないよ、と、祖母はかれにいったそうである。あたしがいい見本さあ、と、着物の襟にはさんで垂らしたナプキンのはしで口もとをおさえてから、白く濁った目で樋渡徹を見あげたという。

鶏の胸肉とたまねぎとピーマンをトマトソースで煮込んだ総菜は三日目だ。温め直してカレー皿によそう。スプーンで掬《すく》ってたべていたら、物音が聞こえた。家鳴りかと思ったが、ちがうようだ。風ならさっきから窓ガラスをたたき、家を揺らしている。でも、音の質がちがう。柊子はリモコンを摑んで、テレビを消した。冷蔵庫からたまに聞こえる氷が落ちる音よりかすかだが、実体のある音がどこからか聞こえてくる。

東向きの窓をあけた。物干し場兼眺望台は真っ暗だった。びょうびょうと吹く風のにおいをかいで、柊子は窓を閉めた。

三月の風だったと思いながら、北向きの窓に歩をはこぶ。

春に近づく風のにおいは、雪が積もっていても土のにおいがすることを思いだしていた。うまれたてのような新しい土のにおいはまだ硬く、ぶっきらぼうだが、はにかんでいるようだ。そよ風なんてやってられるか、といきがっているふうでもある。祖母のふとんも土に似たにおいがするが、こちらは柔らかな土である。種を抱き、根をはやさせて芽をださせるよく耕された土である。

おや、まあ。

北向きの大きな窓辺に立って柊子は胸のうちで呟いた。

窓の外に猫がいた。強い春風に吹き晒《さら》され、猫は、猫のデザインがちがっているほど、からだをかしがせ、それでも踏ん張って前足をそろえている。にゃあ、のかたちに口をあけ、早くあけろ、と、いっている。

窓をあけ、入れてやった。猫は柊子の足もとを八の字に一周した。柊子のすねにひらたい頭をこすりつけ、ちょっと甘えたふうをした。柊子は猫の頭に手をのばし、抱きあげようとしたのだが、逃げられた。猫、長いしっぽを立てて、台所に向かう。そのあとを追いかけて、助けてやったじゃん、と柊子は声をかけた。

「家に入れてやったのはだれだと思ってんのよ」

猫はカリカリの前で柊子を振り向いた。威嚇するようにひと鳴きする。恩をきせてんじゃねえよ、と、飴色の目がいっていた。あんた、おたがいさまってことばも知らないのか。

4　プラスマイナス・ゼロ

わっはっは、と柊子は笑った。ひとりきりの居間に笑声が拡散する。天井にあたり、アラレのように落ちてくる感じがした。ストーヴの真ん前で眠っていた黒猫が目をあける。猫は柊子に一瞥《いちべつ》をくれたのち、鼻息をもらした。安眠をさまたげられ、迷惑千万というふうだ。前足のなかに顔をうずめ、しかめっ面でまた目を閉じる。

食卓の椅子に腰かけ、柊子は預金通帳をながめていた。ページをめくったり、戻したりしながら、肩で息を何度もついた。泥水のような息だった。濁って底が見えないそれは生活のため息といっていい。どうやって暮らしていこうかと、暗算を繰り返している。足して割ってかけて引いて、一時間も経った。食卓には財布からだした小銭が金種ごとに積まれていた。ちゅうちゅうたこかいな、と、祖母を真似《まね》て数えなおしたら、なんだか可笑しくなったのだった。

襟足に手をやって、天井に目をあげた。二階に、台所を取りつけたのである。

貸本屋をひらくのには、届け出も資格も許可もいらない。しかし、喫茶店の営業には、保健所の許可がいる。厨房は家庭用とべつにしなければならない決まりになっているらしい。

「驚いたのなんのって」

柊子は樋渡徹にいった。

「こっちは、ただ、お客さんに喉を湿らせてもらって、お代をいただくだけなのに」

とつづけた。かのじょの口ぶりには樋渡徹をなじるような色があった。知っていたのなら、ひとことといってくれたってよかったんじゃありませんか、という暗に抗議の口調だった。それに、と、柊子は顎をあげた。

「ＣＤは一回貸すたびに七十円を支払わなきゃならないんだって。そのほかに月額使用料が最低でも九万円はかかるっていうじゃないの」

一万冊以下の本なら著作権者に使用料を支払わなくても貸しだしできるらしいが、ＣＤやＤＶＤはちがうようだ。

「気がついてよかったよな」

あきれたように樋渡徹がいった。

「そういうのは、普通、最初に調べるものだけどな」

「調べろっていわなかったじゃん」

口角をさげて柊子は答えた。なにさ、ひとをすっかりその気にさせておいて、と、思った。ステンレスのポットから細長いお湯をドリッパーに注いでいた。コーヒーの粉が山をつくってふくらんだ。時刻はたしか四時前だった。レストラン・ヒワタリのランチタイムとディナータイムのあいだに、柊子は樋渡徹にコーヒーをいれていた。

「で？」

ドリッパーからコーヒーがぽたぽたと落ちているのを見ながら、「どうするんだよ」と、樋渡徹がいった。

「やるのか？　やらないのか？」

「やるよ」

柊子の答えは早かった。ふきんでくるんだステンレスのポットの取手を摑んで持ちあげ、二度目のお湯をそそごうとしたら、「まだだ」と樋渡徹に止められたから、三十秒も経っていない。しかし、その間、柊子は樋渡徹を冷たいと思い、つれないと思い、そう思った自分をいやだと思ったから、かのじょの胸中は三度もツイストしていた。

「わたしはやるよ、喫茶店」

「コーヒーの粉を呼吸させるように」、中心から周辺へと「のの字を書くように」細長いお湯をドリッパーにそそぎつつ柊子は再度、いった。

樋渡徹は顎だけでうなずき、柊子に向かって手をのばした。その手をステンレスのポットを持った柊子のひじにおき、さげさせた。

「丸めた新聞紙に牛乳を入れる手品をやってんじゃないんだからさあ」

柊子はひじを張り、わりに高い位置から細長いお湯をそそいでいた。高低もつけていたから、手品師の手つきによく似ていた。気をつけます、と、小声でいって、台所の取りつけに話を戻した。

「表具屋さんがいい内装業者を知ってるっていってたし」

おねしょのようなしみのあとが残っている唐紙を張り替えてくれた表具屋は、樋渡徹が紹介してくれた。

「ああ」

樋渡徹は少し笑った。かれは笑うと、口の横にしわがはいる。

「隠居したじいさん軍団か」

子や孫に店を譲った職人のじいさんたちは現在、悠々自適の毎日で、ちょくちょく寄り合っているのだそうだ。酒をのんだり、温泉にいったり、山菜をとりにいったりしているらしい。じいさんたちの内訳は大工や板金屋やペンキ屋などで、齢はとっているものの、まだまだ腕はたしかだと本人たちは意気盛んなようだ。

かれらが二階に台所を取りつけてくれたのだった。安くしてくれたが、なにやかやで百万円近くかかった。柊子が会社を辞めたときにもらったボーナスと退職金とを合わせた額とほぼ同じだった。

見積もりをだしたとき、じいさんのひとりがいった。剣山みたいなごく短い白髪頭を擦りながら、割合、もたついた口調で。

「もっとまけられねえこともねえんだけどよ、そったらことゆってたら、切りがねえからな。ほれ、手間は手間で、ある程度きっちりもらわねえと」

じいさんたちは五人いた。台所ひとつ取りつけるのにこの人数が必要かどうかを柊子は知らない。中心になって働いていたのは剣山頭のじいさんと、禿頭《はげあたま》のじいさんのふたりだった。あとの三人はごみをあつめたり、道具をはこんだり、ジュースを買いにいったり、しかし、なんだね、と、与太を飛ばしては中心人物のじいさんたちを笑わせていた。

ふたりのじいさんだけで仕事をしてもらえば、安くなるのかもしれなかった。しかし、柊子にはどうもそうは思えなかった。割前が減っても、じいさんたちは五人でやりたいのだろうと思う。

五人のじいさんたちは、この仕事が終わったら、という話をよくしていた。セタナさいって、船、借りて、釣りをして、宿に戻って酒をのんで、と、休み時間に笑っていた。前歯のない口、合わない入歯がはずれそうになる口、銀歯だらけの口を大きくあけて、セタナさいって、船、借りて、と、車座になっていっていた。

あんまり楽しそうだったから、「セタナってどこですか」と柊子は訊いてみた。

「あっこいった先だ」

与太を飛ばすじいさんが太く短い指で方向を指したが、柊子はさっぱりわからなかった。でも、ああ、そうですかと話を合わせた。

だから、百万は惜しくなかった。むしろ、使えてせいせいしている。不倫相手の上司に手切れ金代わりに上乗せされたような気がしていた百万だった。

とはいうものの、預金通帳に打ちだされた数字が急に頼りなく思えたのも事実である。「くいつぶす」ということばが柊子の頭に浮かんだ。気味のわるい冷気がすねの裏側に這いあがってくる。四月二週の月曜日。剣山頭のじいさんが「いやいや、ありがとうございました」と柊子から現金を受け取って、先ほど、帰った。膝頭に手をあてて、腰を折り、「おかげさまでいい仕事をさせてもらいました」と、じいさん五人、てんでにうなずき、使い込んだ檜風呂の木肌のような色合いの顔をほころばせていった。

その後、柊子はひとりで新しい流しに立ってみた。シンクに顔を映し、縁を撫でた。水道の蛇口をひねると、赤錆びた水がでてくる。透明に変わっていくまで、手で受けた。水が飛び散り、うちひとつの水滴がハートのかたちになった。柊子は側溝をながれる下水の音を思いだした。耳をすましたら、ようく聞こえた。この水は、湧き水みたいにこぽこぽと、清水みたいにさらさらと、いま、側溝のしたをながれている。

わっはっは、と、柊子はまた笑った。笑声が天井にあたって落ちてくる。足をのばして、黒猫の背なかをつついた。

「おまえ、そんなにストーヴの近くにいたら焦げちゃうよ」

猫がやはり迷惑そうに薄目をあけ、黙って場所を移動する。四月二週目だったが、朝晩はまだ暖房がほしかった。ことに猫がほしそうだったので、ストーヴをつけている。

柊子は預金通帳を閉じた。本腰を入れて、アルバイト情報誌に目を通す。

あくる日、新聞屋に面接にいった。

「タイム屋文庫」をやりながらバイトをするなら、日中に時間があく新聞配達が適当だ。

昼間事務をやり、退社後に店をひらくというのも考えたが、事務の求人はほとんどなく、あっても年齢が制限されていた。あるいは昼間、店をひらき、夜のバイトをすることも考えたが、夜に働く洋服を柊子は持っていなかった。会社を辞めるとき、スーツは同僚にあげてしまった。祖母の家に引っ越すとき、よそゆきのワンピースは姉に譲ってしまった。

新聞屋の店主は五十がらみの太った男だった。はすにかぶったいまはなき近鉄バファローズの野球帽のつばをあげ、「いつからこられる?」と訊いてきた。柊子の差しだした履歴書はほとんど見ずに妻に渡していた。妻はかのじょより背の高い機械にチラシを入れていた手を止めて、柊子の履歴書を読んでいる。

「あれ？　市居さんとこの」

妻は目をあげ、市居さんとこにお孫さんがきたって話だったけど、と、たわしでしごいたような肌合いの頰をゆるませた。

「いつからこられる？」

腕組みし、健康サンダルをはいた足で仁王立ちしている店主がまた訊いてくる。

「ちょっと、あんた」

と、ここで妻が夫の前にするりとでてきた。妻は、柊子に椅子をすすめた。パイプ椅子に腰かけて、柊子は新聞屋の妻から勤務条件を聞いた。長机いっぱいにチラシが高く積まれていた。


二百部の朝夕刊を配って、休みは週に一度。皆勤手当などを入れて、新聞配達でえられる収入は月八万円ほどであるらしい。これにレストラン・ヒワタリでもらう給金を足すと、月十三万円になる。住むところはあるのだから、なんとか暮らしていけそうだった。

新聞屋の妻の説明を聞きながら、柊子は頭のなかでシミュレーションをした。

午前三時に起床。三時半に新聞屋にいき、四時から六時まで配達。家に帰って朝ごはんをたべたら、たぶん眠たくなるだろうから少し寝て、十一時から三時までレストラン・ヒワタリでウエイトレスをやり、そのあと樋渡徹にお茶をいれる（修業）。夕刊の配達は夕方四時から五時までで、家に帰ってひと息ついて、晩ごはんをたべてお風呂にはいれば八時をすぎるだろう。明朝にそなえて、十時までには床につきたいから、これでは「タイム屋文庫」を開店する時間がないではないか？「タイム屋文庫」の営業は週に一度の休みの日のみということになるのではないか？　しかも、週に一度の休みはだいたい平日らしい。

それでは、と、柊子は思った。吉成くんに会う可能性がますます低くなる。それに、百万円使って営業が週一では割に合わない。

「あの、できれば」

柊子は朝刊だけの配達にしたいと申しでた。収入が多少、少なくなっても、毎日夕方、店をひらくほうがいい。

新聞配達の順路を覚えるのに、十日かかった。最初は新聞屋の店主がつきそってくれた。柊子はカブを運転できないから、自転車で配達している。

新聞屋を出発して、まず、「さがる」。公園を右下に見ながら各戸のステップ前で自転車を停め、新聞受けまで駆けあがる。四軒つづいて、一軒飛ばして、一軒入れて、二軒飛ばす。三階建てのアパートがあって、十二部屋のうち、七部屋に配達する。公園を横切り左に折れて、今度は「あがる」。この「さがる」「あがる」とは坂ののぼりおりのことだ。両側に配達する家があるので、ゆるくジグザグに「あがる」恰好になる。

右に折れて、一本目の小路の入り口のネコヤナギの前で柊子は自転車を停める。小刻みに舗装を重ねた天ぷらのころものようなでこぼこのアスファルトは水たまりが多い。雪どけ水だ。家と家のあいだには、四月も終わりだというのに雪が残っていた。

小路にはいってすぐ右の家、そのはす向かいの家、その隣、一軒おいてその隣、そうして、その向かいの家はスポーツ新聞もとっている。

いきどまりは文鳥じいさんの家だ。早朝から小鳥の世話をしているようすが窓越しに見える。暖かくなると、鳥かごをすべて外にだして世話をするのだそうだ。挨拶をするのはかまわないが、話をすると長くなるのでほどほどにと、新聞屋の店主がいっていた。

自転車を押して、停めて、小路にはいって配達。これを何度も繰り返す。

芸術家の家の前で停めるとき、柊子は少しだけ憂鬱《ゆううつ》になった。ここの小路はいきどまりではない。細い路を抜けたところにたいそう急な坂道があり、そのほとんど崖ともいうべき坂道を「あがら」なければならないからだ。秋田犬を多頭飼いしている家が崖のなかほどにある。ここは配達終盤のヤマだった。なにしろ足にくる。ふくらはぎがつりそうになる。秋田犬は秋田犬で、毎朝、律儀に、躍りあがって吠え立てた。

この小路の、かどから三軒目の家の前が、柊子が吉成くんに求婚した場所だった。気がついたのは、新聞配達を始めて一週間くらい経ってからだ。順路をからだにたたき込め、と、新聞屋の店主にいわれていたので、それまで柊子の視界は狭かった。あるとき、振り返ったら、眼下に公園が見えたのだった。視線をあげたら、海が見えた。憶えのある風景だった。吉成くんと歩きながら見たはずの赤灯台と青灯台の位置を柊子は静止画で記憶していた。

柊子は笑って、かぶりを振った。こうしてみると、わたしたちは駅からずいぶん歩いていた。祖母の家のこんなに近くに、あのとき、わたしたちはいた。

保健所の許可がおりた。

いよいよだな、と、樋渡徹がいった。

「タイム屋文庫」の開店は、四月二十九日とあいなった。

柊子は台所に立っていた。一階のほうの台所だ。炊事用手袋をはめて、カップや湯のみを漂白剤を溶かした洗い桶に浸《つ》けていた。レストラン・ヒワタリでのバイトと修業を終え、家に帰った。「タイム屋文庫」で使うコーヒーの粉や紅茶葉を分けてもらったのだが、柊子が忘れたので、樋渡徹が届けてくれたのだった。

かれは居間のソファに腰かけて、仏壇のうえにかかった祖父母の写真をながめている。ディナータイムまであと三十分ほど時間があった。

「市居のばあさんはいつもオムライスだった」

祖母はレストラン・ヒワタリに月に一度は食事にいっていたらしい。先代（樋渡徹の父）がオーナーで、高校生だった樋渡徹が店の手伝いをしていたころからの常連だったそうだ。

「うちの親父はオムライスにかけるソースに誇りを持っていたんだけど、ばあさんは、おいしい卵とバタですね、としかいわなかった」

樋渡徹は小さく吹きだした。

「いつか、あのばあさんにソースが旨いといわせてやるとうちの親父が笑っていた」

かれは祖父のことも憶えていた。

「市居さんの注文はハヤシライスか牡蠣《かき》フライでね」

旨いとも不味《まず》いともいわれなかったな、と、樋渡徹は膝のあいだで手を組んだ。無口な祖父とはそもそもことばをかわしたことがなかったようだ。

「あ。一度だけ、ある。きみはコックになるのかと訊かれた。はいと答えたら、コックと床屋はひとを幸福な気持ちにさせる職業だ、精進しなさい、と、重々しく励まされた」

柊子は笑った。炊事用ゴム手袋を脱いで、居間にでる。食卓のほうの椅子に腰かけ、樋渡徹とはすに向き合った。

「おじいちゃんは税務署に勤めていたからね」

祖父のものいいは基本的に硬くて、そして重量感があった。それを柊子は思い起こしている。樋渡徹が柊子を見て、いった。

「そしたら、ばあさんが音楽家はどうです？　と口をはさんできたんだ」

（なんのことだ？）

（ひとを幸福な気持ちにさせる職業のことですよ）

（音楽家も、まあ、そうだな）

（煙突そうじ屋はどうです？　ラムネ売りは？）

（税務署のにんげん以外は、まあ、そうかもしれんな）

（したけど、おじいさん。このばあさんは、いま、仕合せな心持ちですよ）

（コックのおかげでな）

（それだけではないんではないかと思いますよ）

「市居さんが、ちょっと顎をひいて、ばあさんの真んまるい顔を見たんだ。ばあさんはさも可笑しそうにナプキンで口もとをおさえてね」

（あらやだ。おじいさんがいるからでないの）

（この飛びあがりもんが。ひと前でハンカクサイことしゃべってからに）

「すんげえスピードでハヤシライスたべちゃってさ、市居さん」

樋渡徹がお腹をかかえて笑った。柊子も笑った。

「飛びあがりもん」というのは、お調子者という意味だ。祖父は「飛びあがりもん」がきらいではないようだったが、自分自身が調子にのるのは苦手だった。「ハンカクサイ」は、この場合、くだらないというほどの意味だろう。祖父の顔が柊子の目に浮かんだ。祖父は照れると、とりあえず、怒るのだ。そうして、祖母は連れ合いを怒らせるのが得意だった。

間があいた。ほぼ完璧な静寂だった。柊子と樋渡徹は露台に視線をのべていた。ふたりともゆるんだ口もとのまま海を見ている。

「で、どうよ、新聞配達」

樋渡徹が訊いてきた。ディナータイムまで、まだ十分ある。

「自転車に乗ってるんだよね」

荷台に新聞をゴムひもで括りつけて、さらに前カゴにも入れてるんだ、と、柊子はいった。

「一度に百部くらいしか積めないから、途中で新聞屋に戻ってまた積んでいくの」

柊子は前任者の話もした。前任の中年男は集金した現金を持ち逃げしたらしかった。

「それ、犯罪じゃないのか」

「そうなんだけど、なんか、みんな、へっちゃらなんだよね」

新聞屋には十代から六十代までの配達員がいた。住み込みの者も何人かいて、そのひとりも、かつて持ち逃げをしたことがあるようだった。現金を持って行方をくらましても、かれらは新聞屋に戻ってくることが多いという。ゆえに、持ち逃げが発生したら、新聞屋の店主はよその新聞屋に報《しら》せるのだった。持ち逃げした者がどこかでまた働けば、連絡がはいることになっていて、着服したぶんを給料から差し引く仕組みになっているらしい。かつて持ち逃げしたことがあるという住み込みのかれは、このあいだ返済し終えたといっていた。

そのひとね、と、柊子は身を乗りだして、声をひそめた。

「一時期、住所が公園とか駅の構内だったんだって」

「それって」

樋渡徹が笑っていいのか驚いていいのか迷うような顔をした。まあ、その、なんだ、といいよどみ、

「社会勉強になるかもしれないな」

と、浅いうなずきを何度かやった。


炊事用手袋をはめて、柊子はカップや湯のみをゆすいでいる。頑固な茶しぶは落ちていた。蛍光灯の光を反射して白くつるりとかがやいている。足もとで猫がカリカリをたべていた。深皿に大きな頭を突っ込んでたべるものだから、いつのまにか前進していた。柊子は深皿をつま先で押しやった。猫も一緒に移動する。

猫は樋渡徹と入れちがいでやってきた。

玄関をでて、樋渡徹が家の前のバス通りを横断するのを柊子は見送っていた。あた

りはもう暗く、街灯がついていた。かれは急勾配の石段を軽快にのぼっていった。かさりと葉ずれの音がして、山吹のほうを見ると、猫がこちらに歩いてきていた。にもかかわらず、目が合ったら、心底驚いたような顔をした。ばかりか、前足を片方持ちあげたまま、こやつ何者、というふうに首をかしげる。

玄関ドアをあけたまま、はいるの、はいらないの、と、柊子は猫に声をかけた。石段に目をやったら、樋渡徹のすがたはもう見えなかった。レストランは石段のてっぺんにある。


柊子の配達区域に平地はほとんどなかった。太い道路もいくつもの小路も、坂というほどの坂ではないが、なんとなく傾いている。古い家はめっぽう古く、新しい家はめっぽう新しい界隈《かいわい》である。天ぷら舗装の道路はたいらではなく、だから柊子は海に向かってのびていく龍の舌のうえに立っている気にふとなった。

「道を曲がったら、そこが全然ちがう時代だったりしたら、おもしろくない？」

吉成くんのいったことばも思いだした。「あの感じ」がやってくる。祖母が亡くなった夜の感じだ。腰を浮かせて、柊子は自転車を立ちこぎする。この坂をのぼりきったら、十六歳の柊子や、吉成くんや、祖父や祖母が平気な顔であらわれて、「がんばれ」とか「精がでるねえ」と声をかけてきたとしても、きっと驚かないだろう。坂のうえで自転車を停めた。地面に足をつけ、振り返ったら、海が見えた。「タイム屋文庫」の開店は三日後である。

柊子はブルゾンのポケットに手を入れて、柏並木をゆっくりと歩いている。配達を終え、家に帰る途中だった。柏の幹に這う毛虫を発見した。おお、と、呟き、足を止めた。虫は好きではないけれど、春がきたしるしを目にするのは、なんとも愉快。たくさん足があるのに、よくもまあこんがらからないことだとしばし毛虫を観察してから、歩きだした。ゆるやかな坂が始まるところにさしかかる。

洗心橋という橋のたもとに石材所があった。彫られる前の石がかさなって山になっている。「之墓」とだけ彫られた長四角の石もある。石は灰色のものがほとんどだが、白っぽいのも黒っぽいのもあった。

柊子は石材所を通りすぎた。ゆるやかな坂のふもとまでいったが、後ろ歩きで戻った。

異物が、かのじょの視界にはいったのだった。重なった灰色の石のなかに、石とはちがう色があった気がする。柏の幹を這っていた毛虫もさっき、こうして発見した。

その日、柊子の目はよく見えていた。

　立ち止まって確認すると、かさなった石のかげに青いものが見えた。青いものはブルーシートだとすぐにわかった。真っ黒い髪の毛らしきものが覗いていたから、それにくるまり、横になっているのが人間だということもわりに早くわかった。

　住所・公園。あるいは駅の構内。そのたぐいのひとかとまず思った。柊子はその場をそうっと立ち去ろうとした。しかし、酔っぱらいの可能性だってある。ブルーシートは石材所の敷地内にあったものだろう。ひょっとしたら、発作かなにか起こして倒れたのかもしれないなど、さまざまなケースが柊子の胸のうちによぎったのち、死体かもしれないという考えが濃く浮かびあがった。

「もしもし？」

　声をかけた。反応がない。近づいてみることにする。柊子は手をついて石をふたつみっつのぼった。足を前後に大きくひらいて、体勢をととのえ、再度、ブルーシートに声をかけた。

「もしもし？」

　黒い髪の毛が少し動いた。

「大丈夫ですか？」

柊子は腕をのばし、ブルーシート越しに肩に触れた。華奢《きゃしゃ》な肩だったから、ちょっと安心してぐっと摑んだ。揺すぶったら、黒い髪の毛が向きを変えた。

「だれ？」

寝起き特有の不機嫌そうな表情で柊子を見ているのは若い女だった。少女といってもいい。

「だれ、と、いわれても」

大きく足をひらいた姿勢のまま、柊子は答えた。少女は上半身を起こしていた。とくに怪我はないようだった。ただ、顔色がひどくわるかった。紫色がかった唇をつめたそうな指先でおさえて、あたりを見回している。

かのじょのようすは少し奇妙に柊子には見えた。まるでここがどこなのか、どうしてここにいるのか、皆目見当がつかないふうな黒目の動きをしているのだ。目に映るものを手あたりしだいに見ていっている。そのすべてが初めて見るもののようだった。

「ここはどこですか？」

ふらついていた黒目を柊子に向け、少女が訊く。

柊子は「ああ」とひとつ、うなずいた。家出とかドラッグとかいうことばが胸によぎる。

「とりあえず、おまわりさんのところにでもいきましょうか」

「それはいや」

鮮明な声を少女はだした。正気の声といってよかった。柊子は口もとだけで少し笑った。かさなった石を、ゆっくりとおりていく。いっぱいくわされるところだったと思っている。いやなら、しょうがないよねえ、とひとりごちてから、

「じゃあ、救急車でも呼ぼうか？」

歩道から訊いた。

「絶対、いや」

少女は首を横にきっぱりと振った。真っ黒い髪が揺れる。

「なら、お家に帰るしかないじゃない？」

「家はないの」

「ないんだ？」

「家、知らないもん」

「知らないんだ？」

それじゃあ、やっぱりおまわりさんか救急車ですねえ、と、柊子は手をメガホンに

して少女に声をかけたが、「どっちも、いや」の一点張りしか返ってこなかった。それでも柊子は五度、同じことをかのじょにいった。最後には拒否のことばも返ってこなかった。少女は人魚姫の像のように洗心橋のしたをながれる川を見つめたきりだった。

派出所の場所を教えて、柊子はその場を離れた。ゆるやかな坂を、ポケットに手を入れたまま、のぼった。足も胸も少しばかり重かった。勝手になさい、こっちは子どものあそびにつき合ってられないのよ、と思いながらも、気にかかった。

配達を終えて、新聞屋に戻ったら、店主の妻に朝食を誘われた。もやしとウインナの炒めものと、ジャガイモとワカメのおつゆと、キャベツと蕪《かぶ》の浅漬けなんかを柊子はよばれた。

かつて住所が公園だったことがあるという住み込みのかれが、やっぱり新聞屋はいいなあといって、旺盛な食欲を見せていた。住むところがあって、あったかいものをたべられて、金ももらえて、と、ごはんのおかわりをいそいそとよそいに立った。電気釜の蓋をあけると、湯気があがる。かれはしゃもじを持った手で、鼻のしたをせわしく擦っていた。

家に着いた。鍵穴に鍵を差し込み、柊子はドアをあけた。あけたまま、山吹に目をやった。葉ずれの音が聞こえたからだ。

「おや、まあ」

柊子の口から声がもれた。

山吹の陰にいたのは、さっきの少女だった。柊子のあとをついてきただろうに、目が合ったら、心底驚いたような顔をした。

5　時間旅行の本、貸します

開店の日がきた。四月二十九日は昭和の日。天気予報によると、晴でも雨でもないうえに気温は平年並みらしい。祝日ということをのぞけば、特徴のない一日になりそうだ。

柊子は新聞配達から帰ってきた。ただいま、と、玄関先で声を張る。耳をすましても、応答の声はない。それでも、ただいま帰りました、ともう一度いって、靴を脱いだ。

朝食をとり、横になったが、眠れなかった。からだは眠たがっているのに、目がぱっちりとあいている感じである。あきらめて、床を離れた。こあがりの十畳間にのべたままにしていたふとんを片づけ、看板を外にだした。山吹の前だ。午前十時の開店まで、まだ三時間近くある。

「時間旅行の本、貸します」

自分の書いたへたな字を小声で読んだ。隙間が多く、てんでに傾いている字は、酔っぱらいの千鳥足のようだ。肩で息をひとつした。わりに長い息になった。看板を見ている。少し目をあげたら、店名が書いてあった。

タイム屋文庫、という文字は、胸のうちでも読みあげることができなかった。照れくさくって、かなわない。つま先で地べたをほじったり、鼻の頭を擦ったりする。

「喫茶もやってます」

咳払いして、新しく書き加えた一文をちょっと慌てて読みあげた。

「本日開店」

画鋲《がびょう》でとめてあるのは、知り合いに送ったり、ご近所に配ったりしたチラシである。


最初の客は新聞屋の奥さんだった。

開店時間ちょっきりにきてくれた。玄関先で薄手のコートを脱ぎ、かさの毛糸を巻くように両腕でコートをまるめ始める。柊子はそれを制し、ハンガーにかけた。すみません、と、奥さんが恐縮する。スリッパをすすめたら、もっと恐縮した。いえそんなと遠慮していたが、結局、はいた。前屈みの姿勢で居間まで歩く。途中、おめでとうございます、と、何度もいった。ソファに浅く腰かけたらブローチをいじりだし、たくさん本がありますね、え、これ、全部、あんたが読んだ本？　と、せわしく感心する。

「あたしはそっちのほうは、もう、ぜんぜんだめで」

ひと呼吸おくたびに、口をあけて笑顔をつくるから、口紅のついた前歯が覗いた。あの、まあ、へんな話、と、前置きし、「あたし、新聞だってそんなに読んでないんですよ」という。

「あれ、見出しだけでけっこう用が足りるし」

ねえ、と、台所にいる柊子を振り返って、首をすくめた。

のみものはなにがいいかと柊子が訊くと、奥さんはテーブルのうえのメニューを大急ぎで手に取り、コーヒーを希望した。ビニール張りの小さなバッグから財布を取りだし、早くも代金をテーブルに置く。

きょうは、のみものは全品サービスなんです、と、柊子が声をかけると、それはいけない、こういうことはきちんとしないと、と、勢い込んだ。お尻の向きを変え、ソファの背もたれにひじをかける。

「のみもの代しか、あたし協力できないんだから」

コーヒーをいれながら、柊子はうなずいた。口もとで笑っている。奥さんは恥ずかしそうにしていたが、頭をひと揺すりしたら、くだけた調子になった。でもさあ、と、からだをもとに戻す。

「本を読んでる気持ちにはなるよ」

両手をソファの座面において、持ちあげた短い足の足首を交叉《こうさ》させ、露台に通じる大きな窓から海をみている。

「本を読んでいるひとの気分になるよ、ほんとだよ」

読んでないんだけどさあ、と、いつものようにがらがらと笑った。


二番目の客は、台所を取りつけてくれたじいさんたちだった。

「おめでとうございます」

と、五人そろって頭をさげた。瓶詰めのきのこやサカナを持ってきてくれた。茶色いキノコはボリボリというらしい。汁の実に最適だそうだ。小さな細いサカナはチカというそうだ。煮てよし、焼いてよし、揚げてよし。なんぼでも釣れるしな、と、じいさんたちは頭に手をやったり、ズボンをずりあげたりして、柊子となかなか目を合わせようとしない。

ソファに三人、床にふたり、座った。それぞれ、めかしこんでいた。えび茶や灰色の柔らかそうなシャツに上着を合わせている。ループタイをしているのは、作業中さかんに与太を飛ばしていたじいさんで、素敵ですねと柊子が声をかけたら、かれはベルトの、バックルを指差し、ジバンシー、と力強く応じた。

「札幌にいる孫が買ってくれた。今年、デパートに就職したんだ」

それから、孫自慢になった。この手提げ、このハンカチ、いま、ここにはないけれど、家に帰ったら孫が描いてくれた似顔絵がある、敬老の日のやつだ、と、孫からプレゼントされたものをならべ立てる。孫の写真を持ち歩いているじいさんもいた。携帯の待ち受けや、黄色く変色した地方新聞での掲載写真だ。財布のなかにお守りと一緒に入れてあったものもあった。孫談義がつづく。

「じいちゃんじいちゃんといってくるのは小学校の三、四年生までだ」

「もはや、盆と正月くらいしかあそびにこない」

「うちの孫は、おれが死にそうになったときしか顔を見せないぞ」

といったのは作業中、ごみをあつめていたじいさんである。二年前の冬、屋根の雪おろしをしていて、転落したことがあるらしい。

「今度会うのは、おれが死んだときかもしれん」

コーヒー二人前、煎茶三人前。お待たせしました、と、お盆からおろしながら、柊子の胸がかすかに痛んだ。ふすまを閉てているので、じいさんたちから仏壇は見えない。でも、見えているような話しぶりだった。じいさんたちの話しかたは祖母のツボミによく似ていた。津軽海峡を渡った家出娘は年を経て、イントネーションからなにからネイティブのごとく地元のことばで話していた。

剣山頭のじいさんが、張り替えたばかりのふすまに目をやり、こういった。

「したけど、まあ、なんだ、孫がこうやって住んでくれることもあるしな」

んだなあ、と、寝ぼけたような同意の声が柊子の耳に届く。

「大事にしてくれることもあるしなあ」

んだなあ。

「達者なうちにもちっと大事にしてくれたら尚いいのになあ」

んだなあ。

「仕方ねえかなあ」

んだなあ、仕方ねえなあといいかわすじいさんたちは、しかし、悲観的ではなかった。こっちはこっちで愉快にやるべ、と、わりに素早く方向を転換し、あそびの相談に移った。

柊子から得た台所取りつけの手間賃は、セタナにいって、船借りて、酒をのんでも余ったらしい。年金をアレしてコレしたら、アレしてコレしてナニができると声をひそめている。柊子は聞こえないふりをしていたが、察するに、じいさんたちは助平をしたいようだった。


「元気いいな」

樋渡徹が顔いっぱいで笑った。三番目の客はかれだった。

「年金を助平につぎこむのかよ」

おれもじいさんになったら、かくありたいものだ、と、コーヒーの香りをきいている。ひとすすりして、喉に落とし、うまからず、まずからず、どっちつかず、と、憎らしいことをいった。

テーブルにはシャンパンがのっている。樋渡徹が持ってきた開店祝いだ。いま、三時すぎ。開店初日ということでレストラン・ヒワタリのバイトを柊子は休んだ。スタンダードミュージックが低くながれている。雲もながれている。曇天だったが、日差しが時折おりてきて、海面を照らしては、また翳《かげ》る。

「静かだな」

と呟く樋渡徹の背後で、

「静かだね」

と柊子は答えた。ソファの後方に立ち、樋渡徹と同じ方向から海を見ている。かれはソファの背もたれに両腕をひろげてのせていた。足もひらいており、きょうもっともリラックスした客だった。眠ってしまいそうだ、と、少し笑っている。床に置いたクッションを拾いあげ、胸にかかえた。

かれが目を閉じた気配を柊子は感じた。三番目の客も、どうやら本を借りていかなそうだと思ったら、足音が聞こえてきた。大急ぎで階段を駆けおりる荒い音である。

「なんだ?」

樋渡徹がからだを起こした。足音は一目散に手洗いに向かい、ドアをあけ、そして閉めたようだった。おりしもレコードのA面が終わったので、しゃあっというたいへん健康的な排泄音がクリアに聞こえた。つづけて、ガラガラガラとペーパーをたぐる音。

「なんだ?　あれ」

だれかいるのか、と、樋渡徹が居間のドアに目をやったまま、柊子に訊いた。

「たぶん、おしっこが我慢できなくなったんだと思う」

「いや、小便してるのはわかるよ」

こんなにはっきりと聞こえてるし、と、樋渡徹がクッションを胸にかかえたまま、柊子を振り返る。

「二階でおとなしくしてるっていってたんだけど」

「だから、だれだよ」

水をながす音とともに手洗いのドアをあける音がした。

「リス！」

柊子が呼びかけると、居間のドアがおよそ十センチ、ひらいた。真っ黒い目がひとつ、でてくる。顔半分でこちらを見ている。最初は右側、次に左、小さな顔がドアの隙間からおっかなびっくり覗いている。

「あの子、リスっていうの」

小柄で痩せた少女が蟹歩《かにある》きで居間にはいってきた。

「リスです」

と頭をさげたら、肩までの長さの髪が揺れた。

樋渡徹は口をゆるく閉じ、どうも、と会釈した。どうも、と、会釈を返されて、どうもどうもと曖昧にうなずいている。うなずきながら柊子を向き直り、「リスってなんだよ」と小声で訊いた。


三日前、石材所の敷地内で倒れていた少女だった。

朝刊を配達し終えた柊子のあとをついてきた。

少女とはいえ、見ず知らずのひとを家に入れる気は柊子にだってなかった。

しかし、そのとき、黒猫も山吹の陰から忍び足であらわれたのだった。

猫は、柊子からやや距離をおいたところに腰をおろし、柊子が玄関のドアをあけ、「はいるの？　はいらないの？」と声をかけるのを待つというのは半ば様式となっている。

猫が柊子の声を待つ位置は少女の足もとだった。猫は定位置を変える気がないらしく、少女もそこを動く気がなさそうだった。

柊子は注意深く、そう、とても注意深く、猫だけに向かって（だれがどう見ても猫にいっているのがわかるように）「はいるの？　はいらないの？」と玄関のドアをあけた。

「で、はいってきちゃったんだな」

樋渡徹がリスに視線をのべていった。リスは床にぺったりと腰をおろしている。膝をつけ、すねからしたをほぼ直角にひらいて座る、いわゆるばあさん座りである。

家に入れた猫に、カリカリをやるのもまた様式になっている。猫は居間にはいったらカリカリをもらえるものだと思っている。台所に真っすぐ歩いていって、長く鳴くと、「にゃあん」が「ごはーん」に聞こえる。柊子は猫にカリカリと水をやった。そうして、少女にも目玉焼きをこしらえた。キャベツと油揚げのおつゆも手早くつくり、タイマー予約していた炊きたてのごはんを一緒にたべた。

この間における柊子と少女の会話は「目玉焼きのたまご、何個？」「二個」だけだった。少女は目玉焼きの目玉を最後までとっておいた。真んなかを箸でちょんと突き、醤油をたらし、ごはんにのせてかっこんだ。たべっぷりがよかったし、目玉焼きの目玉はもう一個残っていたので柊子が訊いた。「おかわりする？」「する」これが二度目の会話だった。

「ちょっと待て」

樋渡徹が口をはさんだ。

「その展開、おかしくないか？」

めしをたべさせるほうもどうかと思うけど、おかわりするほうもするほうだろうよ、といったら、リスはうつむき、喉で笑った。

「ごはんをたべてからお茶をのんで」

柊子がいった。リスはしたを向いてまだ笑っている。肩までの長さの髪がうなじで割れて、ほっそりとした首が白く見える。

「名前を訊いたら、リスです、って」

「いや、だから、その名前はなんだって話だろう」

樋渡徹が胸にかかえていたクッションをかたわらに置いた。

「ほんとうの名前はなんていうんだ」

低い声でリスに訊いた。柊子は樋渡徹の肩越しにリスを見ている。口のはたがあがった。始まるぞ、と、思っている。

「名前?」

リスがひたいを持ちあげるようにして樋渡徹の目を見て、訊き返した。十まで数をかぞえられないひとのような顔つきでかぶりを振る。……名前、と、斜め下方に目をさげて呟いた。ゆっくりと両手を頭に持っていき、ひらいた指を髪に入れる。そのまま上半身を倒していき、ああっ、とうなり、ひたいを床に擦りつけた。わからない、わからないんです、と、はげしく首をふる。

樋渡徹が、心持ち、のけぞった。ドッジボールで速い球から逃げるときみたいに、からだをはすにして、片足をあげている。どうしちゃったんだよ、おい、と、柊子に訊いてきた。わかるわけないじゃないの、と、柊子も小声で返した。でも、このあとは白目を剝《む》くはずだよ、と、つけ加えた。

柊子のいった通り、少女はふいに顔をあげ、白目を剝いた。頭から手を離し、リス、そう、リスと呟いている。頭のなかをぐるぐると回っているのだそうだ、リスという単語が。

「なんか、こう、熱演だな」

樋渡徹が柊子に耳打ちしてきた。柊子の耳に息がかかった。

「熱演なのよ」

こう答える柊子の声も笑いまじりだ。樋渡徹はくすぐったそうに肩をすくめた。リスはといえば、空中に手をのばしたままフリーズしていた。柊子を横目でちろりと見てくる。大きめの前歯で唇を嚙んでいた。

「そういったご症状なら、病院にいったほうがいいんじゃないですかねえ、リスさん」

樋渡徹が話しかけると、

「きらいなんです、病院も警察も」

と即答した。床に手をつき、うなだれる。

「なにか、いやなことでも？」

樋渡徹が真面目くさった声で訊ねると、リスは、また、ああっと頭を掻きむしりだした。

どうやら、かのじょは都合のわるいことを訊かれると頭痛が起こるようなのだった。樋渡徹が矢継ぎ早に繰りだす出生地誕生日血液型などの質問に、「ああっ」一本槍で切り抜けようとしている。

「自分のこと以外なら、わかるんだよね」

柊子は助け船をだした。嘘なら嘘でいいじゃないかと思っている。記憶喪失には詳しくないが、頭痛がしたなら顔は青ざめるだろう。ところがリスのほっぺたは紅潮している。鼻の頭も赤い。そうして、なんだか泣きだしそうな目をしているのだ。だから、もう、いいじゃないかと柊子は思う。一生懸命つく嘘なら、その嘘、買ってやりたい。

「ほかのことなら、ちゃんとわかるし、答えられるの」

樋渡徹にそういって、これじゃあ、粗相をしたペットをかばう飼い主と同じだと柊子は思った。ちがうの、そうじゃないの、と、いうつもりでリスを見ると、リスは引き締まった表情をして、うなずいている。やる気まんまんのようすである。

声を立てずに柊子は笑った。ソファを指差す。「これはなんですか」とリスに訊ねると、「ソファです」と、しっかりとした答えがくる。

本棚です。テレビです。柊子の指差すもの、リスはつぎつぎと答えた。得意そうに胸を張った。鼻の穴をぴくぴくさせている。

樋渡徹はリスをじっと見ていた。かれと目が合うと、リスは落ち着かなくなった。首を左右にかしげたり、えっと、というふうに目をあげて考えごとをするふりをしていたが、つと立ちあがった。ソファを回り込み、柊子のそばに寄ってくる。その動きを樋渡徹はやはり目で追っていた。唇をひらき、かれはなにかいおうとした。それをさえぎり、柊子はリスに訊いた。

「あれはなんですか」

ソファに座る樋渡徹の肩越しに、露台から見える海を訊ねたつもりだった。

「ちょっと薄くなっています」

「え？」

ほら、ここ、と、リスは樋渡徹の頭頂部を指し示した。

「ほんとだ」

柊子が驚きつつも同意すると、大きなお世話だと樋渡徹が頭をおおった。樋渡徹は長身である。コック帽をかぶっていることが多いので、柊子はいまのいままで気がつかなかった。リスがお腹をかかえて笑っている。少女独特の笑声だった。洗い立ての敷布のように清潔で、野うさぎみたいにぴょんぴょん跳ねる。

樋渡徹が前腕をあげ、「お手あげ」のポーズをした。その手をいったん膝におき、それから咳払いをして、目の前のテーブルを指差した。振り返って、リスに訊いた。

「これはなんですか」

「おぜんです」

リスはこう答え、さあ、褒めてくれというふうに柊子を見た。

樋渡徹と入れちがいに四番目の客がきた。木島みのりだ。高校時代からの友人である。

樋渡徹が玄関のドアをあけたら、呼び鈴を押そうとしていたところだった。

折悪しくというかなんというか、樋渡徹は片手でドアをあけながら、見送りにでてきた柊子に「気をつけろよ」と耳打ちしていた。

リスのことだった。風変わりなだけかもしれないが、用心に越したことはないというのが樋渡徹のいいぶんだった。そもそもリスをこの家におくことじたい、かれは賛成しかねているようだった。

しかし、木島みのりの目には、意味深なしぐさに映ったようだ。

すれちがった樋渡徹にことのほか愛想よく会釈して、ドアが閉まったら、「ふうん」と柊子に鼻息を吹きかけた。「けっこう恰好いいじゃない？」と靴を脱ぐ。

「なにやってるひと？」

「料理人」

でも、ここが薄いよ、と、柊子は木島みのりを居間に案内しながら頭頂部を指差した。

「えー、そうなの」

という木島みのりの声に明らかな落胆がまざっていたので、「でも、ちょっとだけだし、薄いのがけっこう似合ってるんだよ」といった。木島みのりは再度「ふうん」と鼻息をもらし、「どっちよ」と柊子の肩をひじでつつく。

「どっちって？」

「いい感じなの？　そうじゃないの？」

どっちでもないよ、と、いっているうちに居間についた。リスが棒切れみたいに腰を折り、挨拶をする。いらっしゃいませ。

「店員？」

木島みのりが柊子に訊いた。じゃなくて、と、柊子が口ごもった。リスは長袖Ｔシャツのすそをつまみ洗いをするように両手で揉んでいた。長袖Ｔシャツだけでなく、ぶかぶかのジーンズも、靴下も柊子のお古をリスは着ている。

「居候、かな」

といって、柊子は襟足を掻いた。

「居候です」

と、リスがまた木島みのりにお辞儀した。おもてをあげ、両手を口にあてる。ゆるんだ口もとを隠しているのだろう。肩で大きく息をした。嬉しそうだった。

木島みのりは開店祝いにお寿司を買ってきてくれた。なま寿司と助六を二人前ずつだ。多めに買ってきてよかったと木島みのりがいった。よかったですとリスが答えた。

説明すると話が面倒になるから、柊子はリスを親戚の子と木島みのりに紹介していた。木島みのりはあっけなく納得した。ばかりか、いろいろあるでしょうけど、のんびりいきましょうよ、と、やけにしんみりとリスを励ました。

木島みのり。三十一歳。編集プロダクションに勤め、フリーペーパーをつくっている。深読みしがちな性格はむかしから変わっていないようだった。かのじょはどうやらリスをドロップアウトした女子高生と読んだらしい。本名を訊いて、リスが箸を置き、「ああっ」をやりかけたら、「いいたくないなら、いわなくていい」と理解のあるところを見せていた。

しかし、柊子には手厳しかった。

お寿司をたべながら「あの看板はないよ」といった。葉がちょぼちょぼとはえかけた山吹の風情とあいまって寂寥感《せきりょうかん》がつのるらしい。コンセプトはわるくないけど、なにもかもが地味すぎるとまくしたてた。おしゃれから遠いうえに、やる気なさそうじゃん、と割り箸をトンボを捕まえるときのように振り回している。

「てか、やっていけんの？　こんなんで」

「そうさねえ」

「めっきり年寄りくさいし」

さっきから思ってたんだけど、動きもすごくゆっくりだし、という木島みのりのことばが柊子には早回しに聞こえている。小樽にきて四ヵ月しか経っていない。札幌から小樽までは快速で四十分もかからない。しかし、柊子は木島みのりに距離を感じた。長いつき合いにもかかわらず、そうして、木島みのりの性質は学生時代からさほど変わっていないようなのに、このひとって、こんなだったっけ、という思いが胸のうちにあがってくる。木島みのりは満員電車に乗っているようだった。口をひらくたび、人波に押されたように、こめかみに青筋が浮かびあがる。身動きすれば、かのじょ以外の人声や物音が埃のように舞い立つ感じがする。

あー、お腹いっぱい、と、木島みのりはソファからおりて、床に座った。クッションをむりやりふたつ折りにして枕にする。露台に足を向け、「床が堅い」と苦情をいった。

リスも満腹になったらしく、横になっている。クッションを枕にしたが、気に入らなかったようだ。台所から茶筒を持ってきて、枕にした。

スタンダードミュージックがながれている。日がかたむき始めている。海は桃色がかった紫色にそまっている。灯台にあかりがはいった。眠ってしまいそう、と、木島みのりがあくびまじりの声でいう。

「眠っていいよ」

ソファに腰かけ、柊子はいった。

ああ、そうだ、と、木島みのりが半分眠った声でいう。

「開店おめでとう」

ありがとう、と、答えたが、返事はなかった。リスも寝息を立てている。


柊子は食器棚の引きだしからノートを取りだした。台所にだけあかりをつけて、椅子に座る。調理台にノートをひろげ、ボールペンをノックした。きょうの日付と売上を記入。五秒もかからない。売上は新聞屋の奥さんが置いていった三百五十円だけである。でがらしのお茶をのんで、こんなものよと薄く笑った。だが、やけっぱちではなかった。

きょう、きてくれた客は皆、おめでとうといってくれた。誕生日でもお正月でもないのに「おめでとう」といわれるのが、柊子はめずらしかった。「ありがとう」と答えるのも、やっぱり、少しめずらしい。こんなやりとりは就職したとき以来だと気づいた。その前は大学合格のときだったろうか。いや、卒業のときも親や姉に、そうだ、祖母にも「おめでとう」といってもらい、「ありがとう」と答えたはずだ。

今朝、携帯の目覚まし音楽で柊子は目をあけた。でも、ほんとうはもう起きていた。ただ目をつぶっていただけだった。気持ちが逸《はや》っていたのだった。さあ、さあ、さあ、と、背なかを押っつけられるような感じである。そのくせ、張り手を浴びせられ、土俵際まで追いつめられたようでもあった。

ついにこの日がやってきた。感慨深く、そう思った。だって、きのうまでの柊子は開店日を「その日」と呼んでいた。それがきょう、「この日」になった。

そうして、と、柊子はさらに思った。あす以降、「この日」はまた「その日」になるだろう。わたしがきょうを思いだすことがあるとしたら、わたしはきっと、きょうを「その日」と呼ぶはずだ。「きょう」のうちだけ「この日」の「その日」。

朝刊を配達しながら、柊子は「この日」の記念になるものを探そうとした。「きのう」と一線を画す、なにか証拠のようなもの、あるいは「あす」につながるサインのようなものを見つけたかった。

その気で探せば、わりとかんたんに見つかった。たとえば、雲がヒョウタンのかたちをしていた。なんとなく、縁起がよい。お金も拾った。早朝の新聞配達ではさしてめずらしいことではないが、五円玉だったから、やっぱり縁起がよかった。真っ白い、すべすべした小石も見つけてしまった。浜辺でもないのに、海に洗われたような小石だった。

　いいことばかりではなかった。崖ともいうべき坂の途中にある家の秋田犬たちには金網をよじあがらんばかりの勢いで吠えたてられたし、めっぽう早起きのばあさんに「遅いよ」と文句をつけられた。

　このばあさんは玄関先に腕組み仁王立ちのポーズで柊子が新聞を配達するのを待ち構えていることがたまにあった。骨がしっかりとした感じの大柄なばあさんで、面差しがフジコ・ヘミングに少し似ている。

「遅いよ」とつっけんどんにいわれても、謝るだけでは能がないと柊子は先刻承知である。声を張って、

「おはようございます、朝刊です」

　と新聞を手渡した。ばあさんはしわの寄った口もとを引き締めたまま、濃い眉をちょっとあげて、うん、と、うなずいた。すかさず「遅くなりまして」と謝ると、ばあさんは、うん、うん、と二度、うなずく。

　ひとり暮らしのこのばあさんはたぶん、たまに朝の挨拶を聞きたくなるのだと柊子は思っている。眠れない、あるいは眠りが浅ければ、「きのう」と「きょう」の境目が不鮮明になる。夜があけ、テレビのアナウンサーに元気よく「おはようございま

す」と声をかけられても、「きょう」がきたという手応えが薄いことがある。

と、祖母がいっていた。

「上は大水、下は大火事」

むかしのあたしはそんなふうに、ここんとこ（と、胸もとをまさぐり）にいろんなものがあがってきて、そのくせ、ここ（と、後頭部の下に手をあてて）が急須の蓋のポッチくらいの大きさで妙にしいんとしていてね、と、首をかしげた。

「湯加減がさだまらない感じだったんだワ」

そりゃいまでも、まだらに熱かったり、冷たかったりすることはあるけど、でも、いい、いい、いい、かまかさなくても、ぬるーくなるんだワ、と、インコみたいに首をさらにかしげたものだった。

日が落ちた。居間が暗くなると、台所のあかりの届く範囲が広がる気がする。

「柊子」

ほうけた声で呼びかけられた。木島みのりが目をさましたらしい。もう、からだを起こしていた。暗闇のなかでゆっくりと振り返る。

「この店、いいかもしれない」

6　ふりだしに戻る

「この店、いいかもしれない」

そういいおいて、木島みのりは「タイム屋文庫」をでていった。なにがどういいのかはいわなかった。

かのじょが起きたとき、居間は暗くなっていた。半びらきの口のまま、首だけでこちらを振り向いた木島みのりの目を柊子は思いだしている。

薄暗闇のなかで奇妙に光っていた。焦点は合っていなかったが、戻ってきたという目に見えた。そうだとしたら、ずいぶん遠いところから戻ってきたようだった。

ひさしぶりにぐっすり眠れたと木島みのりは早口でつづけたのだった。いやにはっきりとした口調だった。

そのくせ、そそくさと帰り支度を始めた木島みのりのようすときたら、目が覚めたばかりの最前よりもぼんやりしていた。

帰りの電車の時間を携帯で調べ、丁度いい快速があると呟いたり、じゃ、がんばってと柊子にかける声がきわめておざなり。というより上っ調子。木島みのりの声は、かのじょのうちからでていなかった。木島みのりは、なんだか、いったりきたりしているようだった。ずいぶん遠いところと、こちら側との両方に足をかけている感じがした。


その感じには、柊子にも憶えがあった。

憶えがあるというよりも、すでに親わしいものになっている「あの感じ」は、このごろでは、寝入りばなにやってくる。吉成くんを考えながら眠りにつくことが多かった。

開店初日の夜も、吉成くんがこの店にやってくる道筋を柊子はあれこれ考えた。

「タイム屋文庫」は、そもそもたったひとりの客を待つ店だ。

いくつかの「もしかしたら」のうち、柊子がもっとも気に入っているのは、ふらりとこのまちを訪れたかれが、柊子との一度きりのデイトをなぜか思いだし、思い出を辿ってみるうち、「タイム屋文庫」につきあたるというものだった。

ふらりと、とか、なぜか、とか、不確定要素が多い想像なのはわかっている。思い出を辿りたくなるほどの印象を、自分がかれの胸に残したといううぬぼれもない。

それでも、その道筋を思うとき、柊子のまぶたの裏が薔薇色《ばらいろ》に染まるのだった。虻の羽音が混じって聴こえる祖父の好んだスタンダードミュージックの一曲が耳の奥で鳴り始める。

ラ・ヴィ・アン・ローズ。小柄で痩せたフランス女が歌う曲を初めて聴いたのは祖母が死んだ夜のこと。その夜や、居間のソファに腰かけながめた夕方の色合いが蜂の巣穴のような立体的なシーンとなる。

人生はこんなことで薔薇色に染まるのだと柊子は少々感服する。振り向けば、立体的なシーンのなかで、薔薇色に染まったものがいくつかあった。それらは瑣末な事柄で、柊子以外のひとからすれば、きっとがらくたとおんなじだ。

頬がかすかにほころぶと、あの感じ、が、ひときわ濃くなる。温まったふとんのしたで寝返りを打った。枕もぬるくなっていて、押しつけた耳たぶもまたぬるくなる。

砂浜で、丸めた花ござを括っているひもを柊子は胸のうちでほどいてみる。安っぽい薄手のござは龍の舌さながらに波を打ってのびていき、水平線をつっきって、ほら、先がぜんぜん見えなくなった。

振り向くと肩越しに見えるシーンが増えている。新聞屋の奥さんやじいさんたちが笑っている。目をのばしたら、ほかにもいた。このまちにきてから多少なりとも触れ合ったひとたちが蜂の巣穴のひとつひとつを埋めている。リスにおやすみといったのは、つい先ほどのことだった。その隣に樋渡徹。このふたりは、振り向いてすぐそばのところで頻繁に登場している。知り合ったばかりだというのに。

近づいていると柊子は思う。龍の舌の先端に押しだされるようにして近づいていっている。だって、「つい先ほど」が増えている。このまちにやってくるまで思いもよらなかった「つい先ほど」は、いつのまにか「それ以前」になっていくはずだ。

いつのまにか、というのは、なかなか大人っぽい表現だ。でも、いつのまにかとしか表せない経過があるのを柊子はとうに知っていた（だって、三十一だもの）。フレッシュだったのは、その経過を辿っているという感覚である。

水平線をつっきった龍の舌の先端は目をこらしても依然見えない。そして、ほら、どこからか声がする。

「おまえたちに会いにきたんだよ」

つやつやとかがやくピンク色のほっぺたの娘さんは祖母である。手をのばすと、なんにもないというその手触りは、だからこそ、なんでもありそうなその手触り。

ふいに柊子の目の裏で、龍の舌がきなこ飴みたいにねじれた。

先端が「それ以前」とくっついて、円環をつくる。

ああ、そうか、と、柊子はあっけなく得心した。振り返っていたところが、じつは「その先にあるもの」だったりするかもしれない、という仮定はわれながら面白い。案外、そんなものかもしれないとうなずく気持ちには、期待と、ほんの少しの諦めがまじっている。


「ねえ、リス」

あくる日、柊子はリスに話しかけた。自分の胸のうちに広がるものを発表したくてならなくなった。でもうまく説明できない。龍の舌といっても、リスはきょとんとしているだけだった。吉成くんをただただ思った初恋の話をしても、照れくさそうに身をよじらせるだけ。

そこで柊子ははたと気づく。リスには「それ以前」がないんだったっけ。名前も誕生日もなんにもないんだった。

木のまたからうまれたわけでもなかろうに、この強情っぱり、いつまでつづけるつもりなの、と柊子が思うと、リスがあぁっと頭をかかえる。わかった、わかった、と、その場をおさめるものの、でも、やっぱり話し足りないから、龍の舌の話をつづける。

それはふわりとねじれていて、表と裏がぎゃくになって、ていうか、表も裏もおんなじで。

「こういうの？」

柊子の説明をひと通り聞いたのち、リスは長袖Tシャツの襟を引っ張った。ブラジャーのひもが縒《よ》れている。

「これのこと？」

「ちょっと似てるけど、だいぶちがう」

柊子はつい笑ってしまった。だから、リスも笑う。箸を置いて、のりたまの封を切る。ごはんにかけて、皮だけ残した鮭の切り身のちょっと焦げたのを箸の先で丸めて口に入れる。咀嚼《そしゃく》しながら、リスは柊子にこういうのだった。

「懐かしかったよ、なんとなしだけど。柊子さんに会ったとき、なんとなし、懐かしかったんだ」

柊子は口もとで微笑する。胸のうちで龍の舌が円環をつくっている。振り向かなければ会えないひとがいるところに、いま、着いた。そんな実感がたしかにあった。でも、そこがどこだったのかは、思いだせない。

居候リスの寝床は二階だ。板敷きの十畳間にふとんをしいて、リスは寝ている。窓のしただ。窓にカーテンはかかっていない。

カーテンなんかなくっても、とリスがいった。すりガラスがはいっているから平気。朝がきて、おもてが明るくなるのもちゃんとわかるし、と、両手でまぶたを軽くおさえた。

入用なものをそろえようと駅前の大型スーパーに柊子はリスを連れていった。通りかかったインテリア売場にわるくない柄の既製カーテンがあった。薄荷《はっか》っぽい緑色に大小の丸のもようが白で抜かれていて、ところどころに朱色の水玉が散っている。おまけにお値打ち。

「可愛いじゃないの、これ」

四角く畳まれ、ビニールに包まれたカーテンを手に取って、柊子はリスの顔を覗き込んだ。リスはまぶたを両手でおさえたまま、顎をあげ、んーとくすぐったそうに笑っている。あのね、リス、と、柊子があとひと押し、というふうに声をかけた。

「洗濯したら、ハミングのいいにおいがするよ」

窓をあけたら、風が通るたびにこのきれいな緑色がひるがえるんだよ、とさらに押した。

リスはまぶたをおさえたまま、したを向き、うーん、うーん、となっている。でも、もう、こんなに買ってもらったと、まぶたから手を離してレジ袋を差しあげてみせる。三枚千円のパンツや靴下、ただ肌色なだけのブラジャーがはいっているレジ袋の持ち手に腕を通し、リスはさっきからほくほくとした足取りで鴨の子どものように柊子のあとをついてきていた。

「いいの？　ほんとにいいの？」

と、柊子は手に取ったカーテンの包みを陳列棚にゆっくりと戻す。いい、と、リスが短く答える。さっさとその場を立ち去ろうとしたから、新聞屋の給料がでたら買ってやろうと柊子は思った。初めての給料日は五月二十日。およそ二週間後だ。

「早起きは三文の得というからね」

リスは胸を張って、腰に手をあてた。肩幅にひらいた足の片方のつま先で床をたたいている。居間で柊子を待ち構えていた。歯磨きもしたし顔も洗ったと威張っている。フリースも着こんでいた。早く早くと柊子を急《せ》かす。

リスは毎日、柊子の新聞配達についてきた。新聞屋までは柊子の先頭に立って歩いた。店が近づくにつれ、後方にさがっていった。柊子が自転車に朝刊を積んでいるときは、新聞屋の隣の喫茶店のひさしのしたでフリースのチャックをあげさげしていた。

「いくよ」

柊子が声をかけると、顔をあげる。噛んじゃったと情けない声をだし、ここ、と、あげさげしすぎて裏地を噛んだチャックを柊子に見せる。柊子は自転車をおり、手袋をはずし、リスのチャックを直してやる。指の腹の皮がチャックで擦れて剝けそうになった。けっこう手強かったが、なんでもない顔つきでやり終える。

すまなそうに目を伏せて、リスが礼をいった。それから、いまので時間がかかっちゃったから、挽回しないといけないね、と、やる気のあるところを見せた。ようやく新聞屋を出発する。

坂をのぼり、もしくはおりて、各戸に朝刊を配達する。リスは柊子の自転車のあとをついてきた。立ちこぎで坂をのぼるときには自転車の荷台を押して、なんだ坂こんな坂とかけ声をかけた。さがるときには走ってついてくる。

柊子は頰にかかるほつれ毛を耳にかけながら片手ハンドルで後ろを見た。リスは胸をそらせ、でも顎はひき、おっとっとという恰好で坂を走っておりていた。柊子がハサミで切ってやった前髪が風にあおられている。おでこが全開だ。リスは走るのが楽しくてならないようだった。

小路のいきどまりに文鳥じいさんの家がある。じいさんは玄関先に十ばかりも鳥かごをだしていた。家のなかからホースをひいて、瀬戸物の水のみなどを洗っていた。膝をひらいてかがまるかれのかたわらには、五右衛門風呂《ごえもんぶろ》になりそうなほどの大きさの煤《すす》けたドラム缶がある。柊子が新聞を配達しながら覗いてみると、なかには鳥かごのなかにしいたとおぼしき糞《ふん》まみれのチラシがはいっていた。

リスは鳥かごに指をつっこんで、「やめれ」とじいさんに注意を受けた。リスが引っこめた指を背なかに隠したら、じいさんは「ちょすな（触るな）」と段々になった禿頭をちょいとかしげて、にやりと笑った。地べたに広げた新聞紙から青菜を摑み、「これでもくわせてやれ」とリスに渡す。リスは青菜のくずを文鳥たちにたべさせながら、じいさんとハコベの話をする。じいさんの文鳥はハコベが好物らしかった。ハコベがはえたら摘んでくるとリスがじいさんと約束したところで、いくよ、と柊子が声をかけた。

「ぴちょがいいと思うんだ」

まだくちばしの色があわい桜文鳥に似合いの名前をリスは思いついたようだった。ため息をついてから、柊子にそっと打ち明けた。

「ぴちょ？」

「ぴちょ」

ぴちょぴちょぴちょ水浴びしていたから、と、リスは歯をくいしばる。肩を怒らせ、足を踏みならし、自転車を停めてあるところまでずん、ずん、ずんと歩いていく。よほどその桜文鳥が可愛らしかったのだろう。


「タイム屋文庫」の開店時間は午後の四時。

客の中心層は中学生だった。派手ににきびを散らした大柄な女子がいれば、前髪をかっきり直線に切りそろえた首の細い男子がいる。

逢い引きの場所として利用する若いカップルもいた。並んでソファに腰かけて、膝にひろげた本にたれているしおりをもてあそびながら、いまも間の多い会話をかわしている。

かれらがいるあいだ、リスと柊子は台所で気配を消すよう努めた。小一時間ほどでかれらが店をでていくと、はあ、とふたり同時に息をついた。

レコードをかけた居間で寝転び、読書を再開する。

リスは本を読むのが遅かった。本じたいにあまりなじみがないようだった。挿絵がないことを残念がった。活字の小ささ、漢字の多さも不満なようだ。ひっきりなしにわからない漢字を「なんて読むの」と訊かれるので、柊子の読書ははかどらない。

本を閉じたリスが立ちあがった。こあがりの十畳間に歩いていって、桐のたんすの二番目の引きだしをあける。トランプを持って戻ってきた。

「よくわかったね」

柊子は少し驚いた。

「花札もあそこにあるよ」

リスが任天堂のトランプを紙のケースからだしながら、いった。それがどうしたの？　という口調だ。

柊子がレストラン・ヒワタリで働くあいだ、リスには掃除と洗濯を頼んでいた。たんすのなかまで見ているとは知らなかった。まあ、でも、柊子のさほど多くない洋服は祖母の残した桐のたんすと押し入れの下段に置いたプラスティックケースのなかにしまっており、リスは洗濯ものをたたんで入れておいてくれることがあったから、たんすの引きだしのどこになにがはいっているのか知っていてもおかしくない。

まずは「ぶたのしっぽ」をやった。ページワン、神経衰弱と連敗したリスがババ抜きをやりたがる。ふたりでやるババ抜きは不毛だよと柊子はいったが、リスはもうトランプを切りまぜ、配り始めている。

「どっちかな？」

リスの差しだすカードから一枚ひく前に、リスの目を見て柊子が訊いた。リスはしらばっくれた顔つきをこしらえて、さあ、どっちでしょう、と答えた。

リスが手にしているカードは二枚で、柊子の手持ちは一枚きり。ババを持っているのはリスだ。ゲームは心理戦の様相を呈している。柊子がいった。

「ねえ、リス。あんた、どこからきたの？」

それをいわれたら、リスとしてはあぁっと頭を掻きむしってみせなければならない。すかさず柊子がリスの脇のしたをくすぐる。リスはからだをちぢこませて、顎を二重にして少女の声で笑いだした。隙あり。ババじゃないほうのカードを柊子にひかれ、リスはたいそう悔しがった。

居候リスの寝床には、ぴかぴかの流しがついている。小さな調理台にはコップがひとつ、のっている。サイダーのおまけについてきた味も素っ気もないガラスのコップは、階下の食器棚からリスが選んで持っていったものだった。夜中に喉が渇いたら、このコップで水をのむのだとリスがいった。

二階には四部屋あった。全室、ほぼ物置と化している。台所を取りつけた十畳間はもっともがらくたが少なかった。

それでも茶箱が三箱積まれており、カンダハというワイヤー式の金具のついたスキー板と木製のストックと紐で結ぶスキー靴があった。茶箱には、かつて子どもだった柊子の父や伯母たちの通知せんや賞状やかれらが描いた図画などがはいっている。

スキーは祖父のものだ。おじいさんのクリスチャニアはちょっとしたものだったと祖母が夫のスキーの腕前を自慢していた。祖母はスキーをしなかったが、山についていくことはあったらしい。がっちりまかない（たくさん着込み）、粉雪をけたてて斜面を華麗に回転しながらおりてくる祖父を誇らしく見ていたようだ。

「がっちりまかなう？」

リスが手を止めて、繰り返した。物置と化した二階の一室で石油ストーヴを探している。犬棒カルタや扇風機や歩行器といった、この家の「時代」を掻き分け掻き分け、たしかこのへんにあったはず、の、石油ストーヴを掘り起こしにかかっていた。

なにしろ古い家だから、隙間風がはいってくる。五月の暖気はまだ弱く、いくぶんこころもとない。たとえ、点火しなくても、手をかざして「あたる」対象があるのとないのとでは大ちがいだろうというのが柊子の考えだった。

リスはぜんぜん寒くないときっぱりいったが、しかし、石油ストーヴを探す作業は気に入ったようだった。ことに柊子が口にする祖母の話を面白がった。

「がっちりまかなう?」

リスの問いかけに、きっと、毛糸の帽子のうえからマフラーをぐるぐる巻いたんだよと柊子は答える。ツボミのことだから、パンツも腹巻きも靴下も毛糸だね、と腕組みして大きくうなずく。それらは祖母が孫たちのためによくつくってくれたものだった。

「どんなの?」

とリスが訊いてくる。

「ツボミの編んだものはどんななの?」

ツボミの編んだものはね、と、柊子も探し物の手を止め、そして、腰をおろす。がらくたをお尻で避けて、腰を落ち着けるスペースをつくり、あぐらをかく。

けっこうハイカラだったよと答えたら、かすかな振動が起こった。夜の十時前だった。

蛍光灯をつけた部屋のなかで、埃が舞っている。柊子とリス、ふたりが身動きしたりなにか口にするたびに、埃が立ち、ちょっとのあいだ浮遊して落ちてくる。

「余り毛糸をつかっていたんだけど、でも、きれいな色をツボミは選んでくれたんだ。ピンクとか、檸檬色《れもんいろ》とか、若草色とかね」

リスが浅くうなずいている。リスもあぐらをかいていた。藤娘のはいったガラスケースにひじをかけている。

「パンツのデザインは従来の、ほら、ズロースっぽいやつじゃなくて、またぐりが少しハイレグだったりするんだ」

「ツボミ、いかしてるね」

「いかしてたんだよ、ツボミ」

リスと笑い合いながら、スノードームにいるようだと柊子は思った。スノー代わりに埃が舞い降りるがらくただらけのこの部屋を、だれかが揺すっているようだ。

呼び鈴を鳴らさずにはいってくるのは樋渡徹だ。玄関ドアをあけるなり、「きたぞー」と大声をあげた。

かれはほぼ連日やってきた。長居はしない。こあがりの十畳間のふすまをあけて、仏壇に手を合わせてから、柊子と話をして帰っていくのが慣習となりつつあった。かれはまるで「タイム屋文庫」の後見人のようだった。

樋渡徹の声が聞こえたら、リスは床から跳ね起きた。テーブルを片づけたり、絨毯に落ちているごみを拾ったりする。樋渡徹には軽く会釈するきりだ。会釈するひまも惜しいように、茶だんすに置いてあるソフトビニールの熊の貯金箱の向きを直す。

役に立っているところをかれに見せたいのだと柊子はやっと気づいた。

そこで、いれたてのコーヒーをリスにはこばせることにする。リスはお盆にのせた皿付きコーヒー碗《わん》を台所から居間まですり足ではこんでいく。きわめて慎重にテーブルに置いた。樋渡徹が顎を少しあげて、ありがとうといった。かれはソファの真んなかに腰かけていて、ややひらいた長い足のあいだで手を組んでいる。コーヒーをひとすすりした。台所に戻ろうとするリスに声をかける。

「まだ思いだせないのか」

やさしい口調だったが、尋問めいていた。

リスは一瞬首をかしげ、それから、ああっと頭をかかえてみせた。樋渡徹がコーヒー碗を音を立てずに皿に置く。顎に手をあて、とっくり拝見させていただきましょうというふうに、リスの熱演をながめている。

まいったね、と、口のはたで少し笑った。ソファの背に腕をのせて柊子を見返る。

「抜け作がふたりに増えたってわけだ」

放り投げるようにそういって、困ったもんだ、と襟足を掻いた。低い笑声を立てて。


毎日、日が長くなっていった。

毎日、ライラックのつぼみがふくらんでいった。

そして毎日、リスがいった。

「倒れていたあたしに、最初に声をかけてきてくれたのが柊子さんでよかった」

リスがそれをいうのは石材所の前を通りかかったときだったり、柊子がかつて吉成くんに求婚した小道を歩いていたときだったりした。

唇を結んだまま、頰をぷっくりとふくらませて、リスは微笑する。喉をそらせて鼻から息を吸い、目を細める。

柊子はリスの視線を追ってみる。そしたら、そこに空があった。見渡すかぎりにある空は、理科で習った球形を忘れさせる。空の果てがあると思う。いや、ないと思う。球形なら、ないといえる。でも、空はこんなにひらいてこんなに大きい。柊子は、柊子の見る空とリスが見る空とのちがいを少し考えた。さあ、帰ろう、と、リスがなだらかな坂を指差すまで。

側溝から下水のながれる音がする。リスとふたりで腕を振ってなだらかな坂をのぼる。今夜のおかずの相談をした。冷蔵庫にはいっている食材をリスとふたりで挙げていった。きょうはありものですませる予定だ。

新聞配達の給料日をあすに控えた夜がきた。

夜の十時を回ったところだ。寝る時間だった。おやすみ、は、つい先ほどいい合っている。

「リス」

柊子は二階にあがろうとしたリスを呼び止めた。

「ヒワタリにごはん、たべにいこう。あした」

「ほんと？」

リスは小さくばんざいをした。早くも満腹の顔で笑っている。外食は初めてだ。

「なにがいい？」

柊子が訊くと、リスはおおげさに腕を組んだ。柊子のお古のジャージを寝間着代わりに着ている。眉間にしわを入れ、リスは長考にはいったふうだ。待ちきれなくて、柊子がいった。

「あててみようか」

レストラン・ヒワタリのメニューなら頭にはいっている。リスの好きそうなものならわかる気がした。わかってほしそうな顔をしてリスは柊子を見ている。今度は柊子が長考にはいる番。

柊子が仏壇に手を合わせるのが、就寝の合図だった。柊子がおがんでいるあいだ、リスは壁にもたれておとなしくしていた。リスは仏壇のツボミをおがまなかった。このなかのツボミはツボミじゃないからと理由をつけていた。柊子さんが話してくれるツボミのほうがよっぽどツボミだといっていた。

「オムライスでしょ」

ひと差し指をふり立てて柊子がいったら、リスは目と口を丸くひらいた。なしてわかったのと顔をかたむけている。口もとには嬉しさが、目には驚きが浮かんでいた。コートの一番うえの黒いボタンのような目だった。

柊子は黒いボタンのついた焦げ茶色のコートを持っていた。姉のおさがりだ。一番うえの黒いボタンは真んまるで、顎で触れるとつるりと冷たい。その感触をふと思いだした。

レストラン・ヒワタリにいく前にお風呂にはいった。お風呂は交代ではいるルールになっている。順番はじゃんけんで決める。仕舞い湯をつかうほうが掃除をすることになっているから、ふたりはわりと真剣に勝負する。あいこがつづくと白熱する。きょうは柊子がチョキで勝った。湯船につかって、柊子は鼻歌を歌っている。幼稚園児だったときに通っていたオルガン教室で合唱したことのある童謡が柊子の口をついてでた。ララまっかなぼうしにリボンがゆれてるわかいかぜがうたってる。

郵便をだしてくるからとリスに店番をたのんで、大型スーパーにいってきた。あの薄荷っぽい緑色のカーテンは売り切れていなかった。しもぶくれの若い女の店員が手際よくきれいな包装紙で包んでくれた。リボンは赤にしてもらった。小さいのをちょんと貼るだけで、プレゼントらしくなるから不思議だ。下駄箱のなかに隠してある。リスがお風呂にはいっているあいだに手提げにしのばせ、レストラン・ヒワタリで渡してやろうと思っている。

お風呂をでて、柊子は新しい下着をおろした。会社員時代に通販でとっていた絹の下着がまだたくさんあった。リスのぶんも用意した。脱衣かごに置いてある。バスタオルで髪をふきながら台所にでる。鼻歌。ラとんぼがとんでるのはらのまんなかでようきにおどりま・しょう・よ。

「リス?」

こあがりの十畳間で柊子は黒いカットソーをくぐった。桐のたんすの引きだしをあけて、リスには紺地に白の水玉もようのはいったキャミソールに赤いカーディガンを合わせるのがいいと思った。

「リス?」

手洗いに声をかけた。風呂場にいって脱衣かごにリスが着ていくぶんを置いた。ドライヤーで髪を乾かし、結わえて編んでひねっておだんごにした。洗面所の鏡はいくら磨いてもふちの曇りがとれない。

「リス?」

物音が聞こえた気がしたので振り向いた。でも、だれもいなかった。

壁に手をつき、柊子は二階の階段からおりた。居間のソファに夕日があたっている。

ソファの左はしに腰かけ、すぐに立ちあがった。手洗いのドアをあけて閉め、風呂場を覗く。もう何遍もそうしている。玄関をでて、外も見てみた。葉が茂りはじめた山吹の陰や、隣家の庭のオンコの木のしたなどを探してみた。なだらかな坂をおり、石材所までいった。石置き場も丁寧に見た。ブルーシートもはぐってみたが、リスのすがたは見あたらなかった。

柊子はソファに座っている。テーブルからリモコンを持ちあげた。テレビの電源を入れては切った。それを繰り返している。生え際に手をやって、ソファから腰をあげてはおろした。それも繰り返した。髪をあげているので、首筋が寒いと思っていた。窓からはいってくる夕日の幅が広がっていくとも思っていた。その「思っていた」底のほうで、リスがいないと思っている。いなくなったと思い始めている。

柊子の目は、海と、やや広くあいた襟から覗く自分の胸もとの皮膚を交互に見ていた。海は動かないが、皮膚は呼吸に合わせて規則ただしく上下している。胸に手をあてると、深く重たい鼓動に触れる。

日がかたむき、柊子の頬をだいだい色に染めていった。いま、柊子は薄墨のなかに沈んでいる。

鼻歌を歌っていた。一番を歌い終えたら、でだしに戻る。ララまっかなぼうしにリボンがゆれてるわかいかぜがうたってる。二番は知らない。ララとんぼがとんでるのはらのまんなかでようきにおどりま・しょう・よ。声はずむよララ。涙ぐんだような微笑を柊子は浮かべていた。手をつないでラライつまでもゆかいにおどろ。

「リス？」

いくら呼びかけても、返事がなかった。鼻歌を歌い始める。二番は知らない。

7　いつかどこかで

部屋のなかが明るくなった。

樋渡徹があかりをつけた。

そういえば、玄関で物音がしていた。はいってくる音か、でていく音か、そのとき柊子は判断を留保した。どっちにしたって、やっぱりねと思うに決まっている。リスがはいってきたにせよ、でていったにせよ、空回りをしていたばつのわるさが、ぷかりと浮かんでくるだろう。そこへ樋渡徹の声が聞こえてきた。きたぞー、という、いつもの、でも、少し疲れた声だった。それはそれで、柊子を落胆させた。そのくせ、ほらねと片頬で笑っている。ほら、やっぱり、リスじゃなかった。

樋渡徹がテーブルにワインを丁寧に置く。

夜は深くなっていた。

「これ用意して待っていたのに」

かれは柊子の隣に座った。その重さだけ、ソファが沈む。柊子は口をひらいた。かすかに顎が鳴った。骨の音だと、これはたしかにそう思った。うまい具合に組み合わさっているはずの骨と骨とのつなぎめは、じつはそんなに緊密なものではないのかもしれない。樋渡徹を見ずにいった。

「リス、いなくなっちゃったんだ」

「いつ？」

「夕方。わたしがお風呂にはいっているあいだに」

「金は？」

樋渡徹に顔を向けた。笑おうとしたら、また顎が鳴る。

「金だよ。給料日だったんだろ。現金でもらったんだろ」

樋渡徹の膝に目を落とした。こんなときでも長い足だった。その長い足で柊子の膝をつついてきた。たしかめろ、と、促している。

柊子はかぶりを振って、襟足に手をやった。病みあがりの老女のようによっこらしょと立ちあがる。台所にいった。食器棚の引きだしをあけてみて、ちょっと目を見張った。売上ノートとボールペンと電卓しかはいっていなかったからだ。さほど慌てず、むしろゆっくりと引きだしのなかをあらためた。妙に可笑しくてたまらない。たしかに、ここに、給料袋を入れたのだ。一万円札だけを抜き、財布に入れて。

柊子は笑声を立てずに笑っていた。喉も肩も腹筋も無音の笑声に揺すられている。お給料をしまうのは、そんなところでいいんですか、と、リスがいっていたのを思いだした。

「袋ごと持っていかれたよ」

樋渡徹を振り返っていった。鼻息がもれた。からだじゅうから空気がもれている。ぷしゅっ、という音もまた、たしかだった。それ見たことかと樋渡徹が勢い込む。

「キャッシュカードは？　通帳は？　はんこは？」

「ああ」

そういうのね、と、ため息をついて、柊子はこあがりの十畳間に足をはこぶ。仏壇の引きだしをあけた。蠟燭の箱のしたに、銀行関係のひとそろいはちゃんとあった。樋渡徹がご満悦のようにうなずいて、声をかけてくる。

「そっちはアシがつきやすいからな」

腕組みして、ふんぞりかえるかれに柊子は低く呼びかけた。

「樋渡、徹さん？」

「なんだよ」

「いっちゃなんだけど、あなた、あんまり感じのいいひとじゃないね」

目が合った。常識人といってもらいたいね、と、樋渡徹がよそを向いた。


ソファに腰をおろして、ワインをすすりながら樋渡徹の説教を聞いている。かれは「計画的犯行」だの、「はなから怪しいと思ってたんだ」だの、いった。かれがそう思っていたのは最初から知っていたような気がしたし、へたなプロ野球解説者がよく口にする「結果論になりますが」という常套句を聞いているような気も、柊子にはした。

「記憶喪失なんて、あれ、明らかに演技だろうよ、あんただってわかってたんだろ？」

いわなくてもいいことを、わざわざいうのが常識人というものなのかもしれないと柊子は思った。ただし、反論は持っている。自分より小さな者とあそぶとき、ほんこ（本気）なしね、が、暗黙の了解だったんじゃなかった？　というのがそれだ。でも、それは、うそっこっていうんじゃなかったでしょう？ といいたかったが、いわなかった。

愚かな女の扱いを受けている気がしていた。

それでいて、二の腕の内側の皮膚がそっと粟立《あわ》つような心地よさも感じている。もっと愚かな女になりたいようなこのひそやかな感情は、お腹のなかのものをぶちまけたいという衝動によく似ている。

「リスはおばあちゃんだと思ったんだよ」

口のなかで呟いた。え？ と、樋渡徹が訊き返したので、声を張った。

「おばあちゃんがきてくれたと思ったんですけど、それがなにか？」

祖母のツボミなら、いかにも、そういういたずらをやりそうだ。リスの口から時折こぼれるもののいいは、まさにツボミのそれだったし。それに、なにより、ツボミはこの家に帰ってきたかったはずなのだ。

祖父は職業柄、転勤が多く、家を建てたのは定年前だった。その前には戦争があり、ツボミは子どもたちをつれて、夫である祖父の親戚の住む田舎まちに疎開していたことがある。戦闘機が、「黒い、木っ端みたいなへんなもの」、でも「すごく怖いもの」をばらまいたからだった。

ツボミは子どもたちと数珠つながりになって軒から軒へ「ねずみさんの行列みたいにおどおど」歩きながら、駅に向かったという。田舎暮らしは「ゆるくなく（らくではなく）」、近所の農家の「出面《でめん》にいかされた」らしい。

ある日、お寺の本堂に集合との号令がかかる。「首を先にして」、ツボミは、かんかん照りの下、お寺への道を歩いたそうだ。そうして、雑音混じりのラジオを、なじみのないひとたちと一緒に聞いた。終戦を告げる、四分少々の玉音放送である。「ぼーっとした」頭で、うちに帰りたいとツボミは思ったそうだった。実家でも官舎でもない、それがどこかはわからないけれど、ツボミは、「とにかく、うち」に、帰りたかったそうである。

樋渡徹がいった。

「あんた、年、いくつだったっけ」

「三十一」

柊子が答えたら、グラスを置いて、顎を撫でた。

「ガキじゃあるまいし」

話にならないというふうに、樋渡徹は立ちあがった。腰に手をあて、歩き回る。ステレオの蓋をあけ、レコードに針を落とした。ぷつぷつと虻の羽音が立った。ロマンチックな短い前奏を経て、小柄で痩せたフランス女が薔薇色の人生を歌い始める。

柊子は何度か口をひらき、そして閉じた。

かのじょの解釈には、つづきがあった。リスを祖母だとする裏づけのようなものは、ほかにもある。

それはリスと名乗ったことだった。栗鼠《リス》という小動物はあまりお利口ではない。きたるべき冬にそなえて、土を掘って埋めておいた木の実のありどころをすっかり忘れる。掘り返されるのをまぬがれた木の実は、春になったら芽をだして、木に育ち、森をつくっていくという。

柊子がリスと暮らした二十五日間は、土中の木の実が芽をだす期間だったという感じがする。

さまざまな事柄を、リスは柊子に思いださせてくれた。いや、リスがくる以前だって、あれこれ思いだしはしたのだが、手触りの質がちがう。口寄せじみていた。リスが口にするあれこれや、かのじょのしぐさや表情は、柊子の知らなかったツボミのものと思われてならない。円環。ぐるりとめぐる「その先」と「それ以前」をくっきりと感じた。

しかし、これは、樋渡徹には話さなかった。お腹のなかで思っていたことをことばにすると、自分の耳からですら、ひどくくだらなく、ばかばかしく聞こえるものだと知ったばかりだ。

柊子はなにかをこらえているような気がしてしょうがなかった。涙ではない。涙なら、とっくに頬を伝っている。こらえた涙があふれているのではなく、それ以外のものがあふれそうになっていた。嚙みしめた奥歯がきしんでいる。こんなふうに泣くと、からだが小刻みにふるえることを、いま、知った。膝に置いたグラスのなかで赤いワインが波立っている。

「なんか、寒いんだよね、ここ」

襟足に手をやって、鼻をすすった。なにしろ古い家だから隙間風がはいってくる。五月とはいえ、夜風はつめたく、それが、柊子の襟足にあつまって、すうすう、すうすう、と、寒くさせる。

樋渡徹が柊子の手からグラスを抜いた。丁寧にテーブルに置く。それから、かれはテーブルに腰かけた。柊子と向き合い、長い足でかのじょの両膝を柔らかにはさむ。大きな手で柊子のうなじをささえ、もう片方の手の親指で涙をぬぐった。

「あんたがそう思うんなら、そういうことにしてもいいよ」

おれとしては構わない、と、少し笑った。

「あんたがそう思いたいっていうのは、おれだって、わからないわけじゃないんだ」

柊子も少し笑った。樋渡徹の唇がおりてくる。うつむいた柊子の鼻先をかすめ、唇に触れた。

「塩辛いな」

あさりの砂だしに丁度の塩水みたいだ、と、樋渡徹が薄い頬肉にしわを入れる。かすれた声だった。柊子がなにかいう前に唇がおりてきた。顎をややあげ、口づけを受けた。たっぷりとした口づけになった。


ふたたび暗くなった部屋のなかで、柊子は目を閉じて、また泣いた。リスは、わたしに会いにきたのだと思いたかった。どこかに、リスを待っているひとがいたらいいとも思った。リスはその「どこか」にいる「だれか」を見つけられるだろうか。

少なくとも、と、思いいたれば、柊子の目尻から涙がにじんでくる。その「どこか」にいる「だれか」はわたしじゃなかった。

樋渡徹の息づかいが、近くなったり、遠くなったりする。かれの手が、ひたいを撫であげるのを感じている。側溝をながれる下水の音が、柊子の耳の奥でさっきから聞こえていた。湧き水みたいにこぽこぽと、清水みたいにさらさらとながれるその音とともに、腕を振りながらなだらかな坂道をあがったのは去年。

穏やかに、スムーズに、ことがすすむ。それは樋渡徹の流儀なのかもしれなかった。だとしたら、とても素敵だ。かれの流儀は柊子の凝りをほぐしていった。気持ちもからだもほどけたところで、かれはさっと火をつけた。火種はもうゆるゆると熾《おこ》っていたから、そこから先は早かった。ふいごで風を送るようなもので、柊子は物知りだった自分のからだを新しく思いだした。

なだらかな坂のような夜が明ける。目覚めると、きのうが過去になっている。あけっ放しだったカーテンを引いた。朝日をさえぎり、あらためて、かつ、やや慌ただしく、ふたりは親交を深めた。柊子は、樋渡徹とのスタイル、を、たったひと晩で完成させたような気がしていた。性は有効だとも気づいた。洞窟みたいにあいていた胸のうちのさみしさを、体温であたためてくれる。一線、とはまた、古めかしいいい方かもしれない。でも、越えたと柊子は実感している。ぶるんと頭をひと揺すりするみたいに、今朝がきた。

しかし、その今朝は、じつはいつもの今朝でもあった。新聞配達にでかけなければならない。自転車をこぎ、あるいは押し、坂をあがったりおりたりして各戸に朝刊を配る仕事にでかける準備をするあいだ、たんすから身につけるものをさぐるあいだにも、ひっきりなしに口づけをかわす「今朝」だとしても、朝はいつもの朝である。

もう家をでる時間だと柊子がいっても、樋渡徹は聞き分けがなかった。

上半身を起こし、柊子を引き寄せ、髪に手を入れては唇を合わせようとしてくる。こあがりの十畳間には仏壇があるのだが、仏さまには目をつぶってもらうことにするしかない。

口づけにかまけながらだったから、柊子はあける引きだしを間違えた。畳紙に指が触れた。

桐のたんすはツボミの両親がひとり娘に贈ったものだ。柊子の衣類やトランプのほかに、畳紙に包まれたツボミ自慢のいい着物が数枚と、帯と付属品がはいっている。桐とはいえ、何十年もつかっていれば、くるいがでる。引きだしをあけるときは片手ですむが、閉めるときは両手じゃないと（しかもちょっとしたコツが必要）、はまらない。

柊子は笑いながら、両手をつかい、持ちあげるようにして、ツボミの「いい着物」のはいっている引きだしを閉めようとした。とにかく、なにをするのも楽しくて困った。それはまだ薄物を羽織ったような楽しさだったが、でも、楽しいことは楽しい。

「ねえ」

ひときわ明るい声を立てて、柊子は樋渡徹を振り返った。素裸の乳房が猫じゃらしの先についた羽のように揺れる。

「どう思う？　これ」

樋渡徹が背後から柊子を抱きしめて、引きだしを覗き込み、あんたの思ったとおりでいいよといった。ふたりはまだたがいの名前を口にだせずにいる。

「そう？」と柊子が微笑し、「そう」と樋渡徹がうなずいた。「ほんとに？」というと、「ほんとに」と答える。

柊子が間違えてあけた引きだしのなかには、ツボミの「いい着物」がはいっていた。「いい帯」と、祖父に買ってもらった翡翠《ひすい》の帯締めと、べっこうの飾り櫛と、オパールの指輪と、真珠の首飾り。小さなビスケットの缶もはいっていて、そのなかには映画の半券や箸袋、南紀白浜の砂を詰めたビニール袋などがはいっている。宝物だ、ツボミの。そうして、ツボミの大事なもの入れのその引きだしのなかに、茶色い給料袋もはいっていた。なかには、もちろん、一万円札を抜いたお給料全額が。

とくに打ち合わせをしたわけでもないのに、ふたりは、レストラン・ヒワタリではいつも通りを上手になぞった。ことに樋渡徹の態度ときたら、あまりにも普段と変わらないので、柊子は怪しんだくらいだった。もしかしたら、店の女の子にしょっちゅう手をだしているのかも。慣れっこなのかも。

いいけど、べつに。こっちだって憶えがないわけじゃないんだし、と、思っている矢先、樋渡徹がひじをつついた。

「あんた、なんでそんなに平気なんだよ」

と小声でいって、目を伏せる。まぶたが厚ぼったく見えた。

「きょう、いっていいか」

早口でつづけ、眉を掻いた。あの夜以来、かれは「タイム屋文庫」にきていなかった。柊子は顎だけでうなずいて、落としたばかりのコーヒーを樋渡徹に差しだした。カップを持ちあげ、まず香りをきくかれに、テーブルを拭いていたウエイトレスが声をかける。

「柊子さん、上手くなりましたよね」

そうだな、と、コーヒーをひと口のんで樋渡徹が答えた。

「おれより余裕で上手いかもしれない」

柊子に横目を滑らせて、笑った。

三時すぎにレストラン・ヒワタリをでた。

急な石段をおりていって、家に戻る。玄関先に、車が一台、停まっていた。銀色のカローラだった。父の車だ。なかを覗くと、姉がいた。たばこをふかしている。助手席には、コンビニのレジ袋があった。窓をたたいたら、あら、という顔をした。

「日曜なのに、店、閉めてるんだ?」

たばこを消して、ドアをあけた。口のはたをなか指でぬぐっている。すき焼き弁当とか買ってたべちゃったじゃないの、というところを見ると、ずいぶん待ったようだった。

「ごめんね」

連絡してくれればよかったのに、と、柊子がいったら、謝ってもらいたいわけじゃないのよ、と、姉は両膝をそろえて車から下り、ボウリングの投球フォームみたいな身振りでドアを閉めた。

「すぐにこようと思ってたんだけど」

耳たぶを触りながら、姉がいう。ぽってりと厚い耳朶《じだ》に金色菱形のピアスがめりこんでくっついていた。

「こようこようとは思ってたんだけど」

なかなか暇がなくて、と、洋菓子の箱を柊子に差しだした。わりかしおいしいのよと薪ストーヴに目をやってつけ加える。

「さいきん、できたの」

ほら、選挙事務所があったところにね、とつづけた。実家近くに夫婦ふたりでやっている洋菓子屋が開店したらしい。

「おとうさんとおかあさんがよろしくって」

息子を連れて離婚した姉は、実家で両親と暮らしている。父の知り合いの個人病院で受付をやっており、だから、日中、姉の息子の面倒をみるのは両親だった。

「旭《あさひ》もよろしくねって」

口もとだけで笑って、姉は息子の名前をいった。かれは、きょう、祖父母とともにプロ野球を観戦中とのこと。

「ピアスにしたの？」

ショートケーキを皿に置きながら、柊子が訊いた。ああ、これ、と、姉が金色菱形のピアスに手をやる。

「思い切って」

といってから、

「思い切るっていうほど、たいそうな決心でもないんだけど」

といい、

「なにか、変わるかなあと思って」

といい、

「こんなことで、変わるわけないいんだけど」

といった。

「でも、冒険じゃん」

やかんを火にかけ、柊子は笑った。

「あんた、いま、『お姉ちゃんにしては』といいかけたでしょう？」

そんなことないよと柊子は努めてからりと声を張った。姉がふん、と、鼻を鳴らす。

「あたしにしては大冒険よ」

姉は胸もとにフリルをあしらったブラウスの裾をタイトスカートからたくしあげ、めくってみせた。へそピアス。腕まくりして、前腕の内側も指差す。

「黒子もとったの」

毛のはえていた、大きいやつよ、と姉はいったが、いわれなくても柊子は憶えていた。

「見て」

今度は目のしたの涙袋を指差して、台所までやってきた。

「コラーゲンを注入したの」

ここもよ、と、かすかな法令線をなぞる。

「おねえちゃん」

柊子はなるべく静かな声で姉の話をさえぎった。目を合わせようとしたのだが、姉の目玉は本棚や露台越しの灯台や、はては首をひねってこあがりの十畳間に閉てたふすまへと動いて、逃げた。

「なんか、ちょっと、まとまりないんじゃない？」

八歳年長だから、姉は三十九歳だ。夫の愛人に子どもができ、別れてくれ、別れるもんですかと揉めに揉めたのちの離婚から、一年も経っていない。

「まとまってるわよ？」

全部、皮膚科よ？　と、姉は床に目を落とした。深皿に気づき、なにこれ、という。

「猫用」

ていうか、おねえちゃんという柊子に、

「猫、飼ってるの？」

と訊き、

「猫もいいわね」

といい、

「犬もいいわ」

と浅く、何度もうなずいた。

「旭がいるじゃん」

紅茶の葉を匙《さじ》に三杯、ポットに入れて、柊子がいった。苛立った声になった。

「旭は子ども」

むつかしくないのがいいの、と、姉は深皿を客用スリッパのつま先で蹴った。ややこしくないのがいいのよ、といい、猫、どこにいるの？　と居間を見渡し、こぶりのシャンデリアに目をあげる。柊子も目をあげた。紅茶葉のはいった缶の蓋をきつく閉める。

「いくら猫だって、そんなとこにはいないよ」

そういえば、このところ、あの黒猫はすがたを見せない。最後に見たのは、と、胸のうちでちょっと探ってから、姉に目を戻した。

「旭、ややこしいの？」

と訊く。幼稚園の年長さんだった甥とは小樽にきてから会っていなかった。齢のわりには幼い印象を持っている。実家をでる前には、柊子ちゃん、たいへんだよ、ぼく、今度、一年生になるんだって、と本気で驚いていた。

「そういうんじゃなくて」

喫っていい？　と、姉はソファに歩いていき、バッグからたばこをだした。携帯灰皿も取りだした。

「換気扇のしたなら」

許可をだした柊子の隣で、たばこを深く喫い始める。そういうんじゃないのよ、といっている。

「旭がどうこうっていうんじゃないの」

「気持ちはわかるよ」

ポットにティーコゼをかぶせて柊子がいった。いがらっぽい間を感じたので、なんとなくだけど、と、肩をすくめる。

「なら、『わかる』なんて、いうなっつうのよ」

あんたはだいたい、といいかけて姉はたばこを携帯灰皿で揉み消した。

「幸せなんでしょ、いま？」

と、柊子を見た。顎をややあげている。骨っぽい顔立ちなので、顎のたるみはそんなでもない。少なくとも、コラーゲンで手当するほどではない。

「あたし、そういうの、鼻がきくのよね」

低く腕を組んで、姉が笑った。顔を近づけてくる。頬の毛穴にファンデーションが詰まっている。

「いろいろ満たされてるんでしょ？」

わかるのよ、あたし。だって、あんた、ふくふくしてるもの、と、顔を離した。

「そうでもないけど」

と柊子は呟いた。

「ふくふく、ってなによ」

少し慌ててつけ足した。

「そんなに羽振りはよくないよ」

話をずらそうと試みたが、あまりうまくいかなかった。ああ、あ、と、姉がのびをしている。タイム屋文庫ねえ、と、首をかしげて、ピアスを触る。

「タイムをいったりきたりできたら、さぞ愉快でしょうねえ」

とことばを投げた。

「戻せるものなら、戻してもらいたいわね、タイムを」

といい、

「戻せるわけないけど」

と、たばこをくわえ、

「戻ったって、きっとおんなじだと思うけど」

と、たばこに火をつけ、煙ったそうに目を細めた。


ケーキはたべた。紅茶ものんだ。ビールをのませてと姉がいうので、ビールをだした。日の高いうちからアルコールを口にするのも、姉にとっては冒険なのだろうと柊子は思った。グラスにそそがず、缶のままのむのも、強いられているわけでもないのに一気に喉にながし込み、げっぷをするのも、姉にとっては冒険のひとつだろう。

負け知らずの人生を歩いてきた姉だった。柊子の知るかぎり、姉はトントン拍子のひとだった。学校も就職も結婚も、お手のものという感じで、上中下でいえば、上のほうを獲得した。

喫煙を始めたのは高校生のころだった。それが姉の唯一の「不良」で、「不良」をやる自分自身をわるくないとしているようだった。でも、それだって、結婚を機にすっぱりとやめた。

姉が負けたのは離婚だけといえるだろう。離婚はかならずしも負けではないが、意のままにならなかったという点で、姉においては負けと同じと柊子は思う。少なくとも、相当の敗北感を姉は持ったにちがいない。こんなはずではなかった、という気配を姉は発していた。

クッションを枕にして、板敷きの居間で寝息を立てる姉を柊子はソファに座ってながめている。

女がひとり、眠っていると思った。

胸もとにフリルをあしらったクリーム色のブラウスの裾を灰色のスカートからはみださせ、はだ色のストッキングをはいた足をくの字に折って、女は寝ている。横向きの顔に指しゃぶりをするように親指を持っていって、口をややあけ息をしている。いまにも、こんなはずじゃなかったといいだしそうだ。

ビールなんてのまなきゃよかったのに、と柊子は襟足を掻いた。姉はいける口ではないのだ。たかが三五〇ミリリットルで顔を真っ赤にふくらませ、ちょっと横にならせてちょうだいといいだした。それから一時間、経っている。

ふたりばかり、客がきた。すでに常連となっている中学生だ。派手ににきびを散らした大柄な女子と、前髪をかっきり直線に切りそろえた首の細い男子は、当初べつべつに来店していたのだが、このごろでは、同じ時間帯にあらわれる。

床に寝転がった姉を見て、本日、初めてことばをかわした。

「寝てるよ」

「寝てるね」

寝てもいいんだ、と、男子のほうが床に腹這いになり『アンドロイドは電気羊の夢を見るか』を読み始めた。これみよがしに膝からしたでバタ足をする。女子はソファに腰かけて、しばし、おすましを決め込んでいたが、やがて、ねえ、その本、面白い？　とひとりごとをいうように男子に訊いた。

女子が先に帰り、男子はその約一分後に「タイム屋文庫」をでていった。早足でなくても追いつける時間差である。

がんばれ、男子。ふたりにふるまったケーキ皿を片づけながら、柊子の頬がゆるんでいる。幸せなのかもしれない、と、ふと思った。リスはいなくなったけれど。欠けてしまったさみしさはあるけれど、それはそのままでいいような気がする。

　嘆息が聞こえてきた。

　洗い物の手を止めて、柊子は居間に目をやった。目覚めたらしい姉が横座りで海を見ている。海は、絵の具をながしたように青かった。そこに金色の釉薬《ゆうやく》がかかっている。姉はくるぶしを撫でていた。くるぶしはややかさついて粉を吹いている。肩で息をする背なかが丸まっていた。

「起きたの？」

　と訊ねる柊子に、姉の背なかがこう答える。

「また、きてもいい？」

　振り向いた顔は洗い立てのように白かった。

「また、きたいのよ」

　近いうちに、と、姉は口ごもった。

「ていうか、合わせる顔ができたらの話だけど」

「合わせる顔？」

　だれに？　わたしに？　と柊子は自分の顔を指差した。いやね、と、姉が頭の横で手を振って笑う。このひとのこんな笑顔を見るのは久しぶりだと柊子は思った。まだ熟れていないまくわ瓜を爪で弾いたときに鳴る澄んだ音のような笑顔である。そうだ、このひとはこんなふうに笑うんだった。

「あんたに会ってもしょうがないじゃないの」

と姉は憎まれ口をきき、

「夢をみたのよ」

と今度はすこぶるアンニュイに微笑し、

「いい？」

と、少しすごんだ。目に力がはいっている。

「あたしがくるまで、この店、やめないでね」

わかった？　といいおいて、姉は帰った。

8　夢のつづき

やめるわけないじゃん。

ひとりごちて、柊子は腕を組んだ。

姉を見送ったばかりだった。そのまま、なだらかな坂を見下ろしている。姉の車は坂道をおりきって、柊子の視界から一瞬消えた。ふたたびあらわれたのは、洗心橋のたもとにある石材所の前だった。そこはもう平地で、だから、柊子の目に残っているのは、たいらな道を走っていったミニカーじみたカローラである。

「あたしがくるまで、この店、やめないでね」

捨て科白《ぜりふ》めいた姉のことばも柊子の胸に残っていた。いわれるまでもないことだった。初志貫徹、と、柊子の唇が動いている。だって、たったひとりの客は「タイム屋文庫」にまだきていない。

路線バスが坂をあがってくる。停留所に停まったのと同時に、柊子はなだらかな坂から目をはずした。家にはいろうときびすを返したら、背なかから声がかかった。

「柊子！」

振り向くと、木島みのりが、バスのステップをおりているところだった。


木島みのりはよくしゃべった。

しゃべりどおしだったといってもいい。

おまけに脈絡がなかった。かのじょはあらかじめ昂揚していたようだった。身振りが大きい。表情もゆたかで、わけても目に精彩がある。この前、タイム屋文庫開店初日にやってきたときとは別人だった。ものをいっても、ひたいに青筋が立たない。ばかりか、やけに色つやがいい。てっかてかにして、ぴっかぴかのひたいをときに撫であげ、思うままを、思いつく順に話しているような木島みのりを柊子はながめていた。半笑いを頬に浮かべて。自分が穴にでもなった気がしていた。ぽいぽいとつづけざまにことばを投げ入れられても満杯にならない、なんだか深そうな穴だった。

ゴリラの話が投げ入れられたのだった。

ローランドゴリラである。

銀色の毛が背なかにはえた、身の丈天をつきそうな、すこぶる巨漢の、それはりっぱな雄だそうだ。かれは動物園で、一頭きりで暮らしているらしい。

木島みのりはひと差し指を立てた。

「季節は冬」

ローランドゴリラのかれが蟄居《ちっきょ》しているのは、類人猿館のなかだという。雪のふりしきる外とはちがい、暖房がほどよくきいた屋根つきコンクリートの住居だから、厚遇を受けているといえる。立てたひと差し指を前方にすうっと押しだし、木島みのりがいった。

「あたしは雪原を駆けるトナカイを見て」

トナカイは広い区画にほぼ放し飼いのような状態で飼われているらしい。木島みのりはひと差し指を横に滑らす。

「そして、つめたい海にジャンプするホッキョクグマを見て」

その動物園は、北極海を所有しているそうである。海のなかほどまで防波堤みたいにつきだした氷をホッキョクグマは歩いていって、空とひとつづきのように青い海に飛び込んだ、と、どうもこういう次第らしい。

なにそれ、と話を切った柊子に、センターテーブルの向こう側でひじ枕をしている木島みのりが即答した。動物園側は、北極海を「はこんで」きたのだという。

「はこぶ?」と質《ただ》す柊子を愉快そうに見て、木島みのりはうつぶせになった。クッションをかかえ込む。スライド書棚につと目をあげた。時間旅行の本ばかりが棚にびっしりとささっている。ため息をひとつ。

「温泉もあって」

柊子に目を戻して、動物園の話をつづける。腕をのばした。ひと差し指を立て、手首を返す。

「猿が手ぬぐいを頭にのせて温泉につかっているの」

表。裏。表。裏。ひと差し指がしなやかに回転し、半円をかく。

温泉の隣には、ジャングルがあるらしい。その先には草原があり、砂漠もある。俯《ふ》瞰《かん》して見れば、まがりくねった大河がゆったりとながれ、澄んだ湖が点在している。

木島みのりがいうことには、それらはぜんぶ、動物園が気候ごと「はこんで」きたものであるらしい。そうして、それぞれの区画にそれぞれの動物たちが住んでいる、のだそうである。それはもはや、と、柊子は思った。動物園というより地球じゃないか。木島みのりはひと差し指を立てたまま、かかえこんだクッションに頰ずりし、長いまばたきをしている。

——夢の話だと、柊子は気づいた。

木島みのりは夢の話をしている。

「でも、ゴリラだけは」

そう、かのローランドゴリラだけは、夢のなかだというのにひどく現実的な扱いを受けていた。木島みのりはクッションを胸のしたに入れた。首を起こして話し始める。速度も声音もやや落ちた。唇を舌で何度も湿らせている。なめらかに動き回っていたひと差し指は絨毯に置かれていた。不規則な拍子を打つ。

「あたしは缶コーヒーをのみながら、ベンチに座って、かれを見ているの」

檻《おり》にはいっているのは、かれだけらしい。

「だから、すごく、動物を見ているって感じがしてるの」

動物園の動物、と、木島みのりは念を押した。安全な動物、と、つづける。こちらがルールを守っていれば、襲われたりしない。

「安全な野生」

と、かのじょはいい換えた。少し、笑って。

背なかに銀色の毛がはえたローランドゴリラは、狭い四角い檻のなかをいったりきたりしている。かれのようすはそれでも獣めいていた。むしゃくしゃしているようであり、その苛立ちが、盛りあがった肩口や分厚い胸板、引き締まった胴や、ゴム毬《まり》みたいにはずみそうなかたちのいい尻をさみしく見せる。

「かれは本来、もっと暴力的であるはずなの」

木島みのりが声を張った。

「それでいて、もっと知的で、穏やかなはずなの」

手のうちのスリル、とも、木島みのりはいったのだった。この手のなかの、と、右手を握りしめたりひらいたりする。このなかの、と、その手を胸に持っていった。唇がひらき、でも、と、すぼまる。

「お約束のスリルをあたしは感じたの」

なぜなら、ローランドゴリラは、ただ歩いているだけで、なんとなく怖かった。しかもかれの体軀《たいく》はひとによく似ており、下着すらつけていないのが奇妙に思えるほどなのだ。

「夕方になって」

あたし、しばらく、そのベンチに腰かけてたのね、と、木島みのりは補足した。

「えさの時間になって」

飼育係がくだものや食パンを入れた箱をかかえて、檻のなかにはいっていった。たったひとりの客である木島みのりにちょっと目をとめる。それが合図だった。

「ショータイムになったわけよ」

飼育係はゴリラと追いかけっこを始めた。

いかにも無聊《ぶりょう》をかこっていたというふうな最前までとはちがい、かのゴリラはりっぱなからだを躍らせて、飼育係とたわむれている。

ほら、こっちだ。

おっと、そうきなさるか。

りんごを、バナナを、食パンを、えさの数だけ、飼育係とゴリラは鬼ごっこを繰り返した。ごっこだから、両者とも本気ではない。しかし、飼育係の身のこなしは長靴ばきとは思えないほど敏捷だったし、ゴリラはゴリラで背なかの銀色の毛を振り立てながらも王者の威厳を保ちつつ挑みかかっていたらしい。

かれらはしかと目を合わせていた。はずしたほうが負けだというふうに。それが、もっとも恥ずべきことだというふうに。

こうしてゴリラはすべてのえさを手に入れた。ほどよく暖房のきいたコンクリートの狭い四角い檻のなかで、もそもそと食事を楽しむ。

一体全体、と、柊子は頬に手をあてている。どこからどうほじくりかえして、どんな感想を持てばいいのか。

夜の十時をすぎていた。木島みのりが帰ってから、三十分以上、経っていた。

「でも、決めたの」

木島みのりは唐突にいったのだった。ゴリラの話のあとだ。ちょっとまどろんだあとでもある。「でも」も「決めた」も、どこに掛かっているのか、柊子には不明だった。

「わたし、決めたの」

しかし、木島みのりはこくりとうなずき、繰り返す。

「なにを？」

柊子は訊いたのだが、木島みのりはかぶりを振ったきりだった。またしてもため息。

「タイム屋文庫」

瞑目して呟く。

「この店、繁盛するかもよ」

目を見ひらいて、おどけ顔をこしらえた。醸しあげられたようにたっぷりと笑い、深呼吸をする。二十畳のタイム屋文庫店内を見渡した。

そのときの木島みのりの視線を、柊子は辿ってみた。

はいってすぐのところにあるスライド書棚から、こあがりの十畳間をはさんで茶だんす、東向きの大きな窓を通りすぎて背の低い本棚、と目をやった。茶だんすのうえには、CDやDVDがあり、マラカスをふるソフトビニールの熊の貯金箱があったが、それだけだ。左方に目を持っていき、顎を引いた。黒い、大きな薪ストーヴがでんと構えている。煉瓦の模様の炉台は背後のパネルとおそろいだが、でも、それだけ。

柊子はソファに座っている。ローズウッドの無垢板をしきつめた居間の、柊子の足もとにだけ絨毯がしいてある。詰まった毛足をつま先でなぞると、影のようなあとがついた。クッションが転がっている。真んなかがへこんでいた。木島みのりが枕にしていたからだ。

なぜかはっとして、柊子はスライド書棚をまた見向いた。頭を勢いよく振ったから、居間の景色が飛びすさる。

『夏への扉』、

『たんぽぽ娘』、

『シューレス・ジョー』。

日灼けした背表紙を拾い読みする。

ジャングル、
草原、
砂漠、そして。

ゆったりと蛇行する大河や点在する湖を俯瞰するように、木島みのりは居間を見ていた。

『ふりだしに戻る』。

『マイナス・ゼロ』。

それぞれの物語がにおい立ってくる。

『御先祖様万歳』、と、柊子は口のなかでいった。「ツボミでございます」、と、ふたつのスライド書棚の隙間でリスが頭をさげている、ような気がする。『タイタンの妖女』、『虎よ、虎よ!』、『われはロボット』。

呼び鈴が鳴った。柊子の首がひやりとすくまる。襟足をさすりながら、玄関にいった。

ドアをあけたら、樋渡徹が立っていた。よ、と、中途半端に手をあげる。いつもなら、勝手知ったるというふうにずかずかとはいってくるのに。

それでも、かれは、いつもと同じ、をやろうとした。長い足を折り畳み、仏壇に手を合わせる。その後ろすがたを台所から柊子は見ていた。いつもと同じ行動だが、きょうのおがみはちと長い。りんを鳴らす手つきが神妙である。目をあげて、祖父母の写真にかすかにうなずきかけたあと、腹は減ってないかと柊子に訊いた。なんか、くったのかとぶっきらぼうにつづける。

伏し目でソファのはしに腰かけた。ソファの右はし、仏壇側は、樋渡徹の定位置だった。日頃から、かれはその席におさまって「タイム屋文庫」の後見人よろしく柊子に意見している。あるいは世話を焼いている。

「晩飯はくったのか」とまた訊いた。訊ねたいことはそれしかないようだ。

「おこわを」

ほうじ茶をいれながら柊子は答えた。木島みのりの手土産は、六種類ものおこわをちょっとずつ詰めたパックだった。

「かき餅もたべたし」

茶托《ちゃたく》つきの湯のみをテーブルに置き、みどり屋の、と、つづける。みどり屋は小樽駅近くにある、老舗《しにせ》のあられ専門店である。ちなみに隣は水晶堂めがね。

「ぬれおかきが旨いんだよな、あそこ」

湯のみを手にし、熱いほうじ茶に息を吹きかけている樋渡徹は猫背だった。右手で湯のみのふちを持ち、左手を糸底にあてがっている。両のひじがやや高くあがっており、なんてことないはずの世間話に緊張感がただよう。

というか、と、柊子はソファに腰かけた。左はしだ。緊張感は、ただよっているのではなく、花を添えているという感じに思えてならない。

「しかし、おれはとろろ昆布を巻いたやつがむかしから好きで」

樋渡徹は咳払いをひとつした。うちの母親も好きで、と、せわしくうなずく。

「店をやっていたから、日曜や祝日はどこにもあそびにつれていってもらえなかったけど」

テーブルに湯のみをおいた。柊子をちらと見る。

「毎年夏休みには定休日のたびに蘭島《らんしま》につれていってもらったんだ」

蘭島というのは海水浴場である。

「親父のバイクのケツに乗ってね」

ぶかぶかの大人用のヘルメットをかぶって、ベルトを顎でぎゅっと締めて、母親のこしらえたおにぎりと着替えのパンツを入れたリュックを背負って、丸めたござを脇にかかえて、おれはだな。

「けっこう飛ばす親父のバイクに片手だけで摑まってたんだ」

国道五号線、と、樋渡徹は、やっと笑った。

「おれはトド泳ぎという泳法をあみだして」

トドは小樽市民にはわりになじみ深い海獣だ。祝津《しゅくつ》というところにある水族館では、訓練されたトドが係員の指示通りに五・五メートルの高さの台から豪快にダイブする。

樋渡徹は両腕をあげ、頭上でてのひらをくっつけた。テーブルのしたで足首をフィンのように動かす。

「こうやって、ドリルみたいに自転しながら海中をすすむんだ」

「トド泳ぎ？」

そう、と、かれはソファに座ったまま腰を左右にひねってみせる。

「ところが、親父はおれが溺れたと思ったらしく」

たしかにあっぷあっぷしている状況と酷似した泳法だと柊子も思う。

「あわてふためき駆けつける一幕があった」

新しい泳ぎ方をやってるだけだという樋渡徹は、父にぶんなぐられたそうである。

「ややこしいことをするなってね」

樋渡徹の父は息子をげんこではたいたあと、砂浜に敷いたござのほうに戻っていったそうである。その後ろすがたを樋渡徹はよく憶えているという。父の腰まであった海面が、父の歩く速度に合わせてひと足ごとにさがっていった。すねまでさがったら、父は海から足を抜いた。そのとき、樋渡徹の目からは、父が大男に見えたそうだ。ぽたぽたと海水をたらしながら、広げたござのところまで外股で歩いていくその背なかは依然大きく、と、樋渡徹はいった。

「歩く、という用しかしてない背なかだった」

子どもを死なせちゃならないという親の仕事は済んだばかりだからな、と、樋渡徹は無音で笑った。なんせ、それは、最大にして最低限度の親の仕事だ。

まあ、なんだ、と、顎にあてていた手をはずし、座面においていたもう片方の手と組み合わせて、ひらいた膝のあいだに入れる。

「めっきりことば少なになったおれたちは、そそくさと身支度をして海をあとにし、母親にお土産を買って帰ったわけだ」

「それが、みどり屋のあられなんだ？」

とろろ昆布を巻いたやつ？　と柊子がいったら、樋渡徹は目を細めた。目尻にしわがはいる。

「あられか、ケーキか、鶏のもも肉を焼いたののどれか」

みどり屋か、あまとうか、なるとだ、と、それぞれの老舗の名をいった。

樋渡徹が個人的な思い出を柊子に話すのは初めてだった。むかし話なら何度も聞いたことがある。しかし、そこには祖母のツボミがかならず登場していた。

「おかあさんは、元気？」

と訊いてみて、柊子は、自分の声がそんなに個人的ではないと気づく。

「元気だよ」

再婚して、うまくやってる、と、樋渡徹は明るく笑った。今度は蕎麦屋《そばや》の女房におさまった、と、肩を揺すった。樋渡徹の父は十年ほど前に亡くなったと、これは以前に聞いていた。

「わりに旨い蕎麦屋なんだよ」

いくか、そのうち、と誘う声と、そうだね、そのうちと答える声の温度も手触りも、でどころもほんのちょっとちがうと柊子は感じた。

腰を浮かせて、またおろした。樋渡徹に少し近づく。遠慮がちに手をのばした。鬢《びん》の毛に触れた、と、思ったら、引き寄せられた。包み込まれて、口づけされたら、違和感がふつりと消えた。

そこではじめたら、違和感はもっと消えた。ほんのちょっとずつずれていたもののの輪郭がぴたり、ぴたりと合ってくる。

かれの指は覚えたてとは思えぬほどの正確さで、柊子のとても好きなところを迷わずに目指した。薄く目をあけると、五角形にくぼんだ天井でこぶりのシャンデリアが揺れている。揺れは小刻みに大きくなり、だから、ぶれる。樋渡徹の息が速くなった。目を閉じて、柊子はかれの背なかに手を回した。

かれは服を着たままで、柊子だってすっかり脱いではいない。少しばかりもどかしく、もっと触れたいとか触れられたいとか思えば、最前まで胸の奥に棲んでいたものが、バターみたいにとけていく。

無色無臭でかたちもないが、でも、しかとそこにあったものが、よいにおいを立ててとけ、いま、失くなった。

性はやはり有効だと柊子は思う。樋渡徹は、なだめてくれ、逃してくれる。なにをなだめてくれ、逃してくれるのかは、柊子にだってわからない。しかし、かれの指や肌合いや体重は、わたしを仕立て直してくれていると思うのだった。

ほつれた髪を括り直して、柊子は膝に目を落とした。

樋渡徹が眠っている。

いわゆる膝枕という恰好だ。樋渡徹は長身である。横たわった全身がソファにおさまりきるはずがなく、かれの足はソファから大幅にはみだしている。

規則ただしく呼吸している。安らかな寝息のように柊子には聞こえた。かれは、時折、にんまりと笑った。そうして、柊子の腿にひたいをこすりつけてくる。

余は満足じゃ、の、ふうである。一戦まじえて、よくしてやって（もちろん、かれ自身も）、ひとまずは思い残すことなし、みたいな顔に見える。

つい、樋渡徹の鼻をつまんだ。すぴっ、と、鳴ったのち、音がしなくなる。樋渡徹が跳ね起きた。

なにすんだよ、と声を荒らげるのかと思ったら、ちがった。かれはやや薄くなった頭頂部の髪の毛を手櫛で梳《す》いて、こういったのだ。

「ドライブにいこう」

あんたといきたいところがあるんだ。

今度の休みの日に、と、樋渡徹は柊子の頰を大きな手で包んだ。耳のしたに口づける。

柊子は樋渡徹の目を間近で見た。かれは、ずいぶん遠いところから戻ってきたようだった。かれがでかけていった先は、姉や木島みのりと同じところのような気がする。

飛躍。三人とも柊子と会話をしていたはずなのに、突如、飛んだ。つながりが見あたらないほどの飛距離でもって、ぽうん、と、飛んで、戻ってきた。

柊子はふとんのなかで考えた。そうだとしたら、かれらはどこから戻ってきたのだろう。

樋渡徹は自宅に帰った。ひとり暮らしのおたがいなのに、そうして前は泊まっていったのに今夜そうしなかったのは、「だらしないのはいかんのではないか」という樋渡徹の主張によるものだった。

ずいぶん遠いところと、こちら側との両方に足をかけている感じなら、柊子もよく知っている。

「おまえたちに会いにきたんだよ」

ツボミの声を聞いた「あの感じ」は、柊子のなかでつづいている。「その先にあるもの」が、きなこ飴みたいにねじれて「それ以前」とくっつき円環をつくっている。札幌から、あるいは急な坂のうえからやってきた三人は、めいめい好きなことをいって帰っていった。のんで、たべて、うたた寝したのち、めっぽうすっきりした顔をして、思わせぶりな、しかしいやに切れのいいことばを最後に柊子へ投げ入れた。片目をつぶり、的をさだめて放るような入れ方だった。

ことにきょうの木島みのりときたら、いいたいほうだいだったと柊子は思う。

「リスちゃんは？」

これが木島みのりの第一声だった。おこわのパックをテーブルにのせ、

「お菓子も買ってきたの」

バッグから、みどり屋の包みをだした。

「いないの？」

部屋のなかを目で探し、

「家に帰っちゃったの？」

と訊く。柊子が答える前に、そのほうがいい、と決定し、短く何度もうなずいた。木島みのりはリスを、柊子が少しのあいだ預かっていた親戚の子だと思っている。

そりゃ、面白くないことは多々ありましょうけれども、と、絨毯に腰をおろし、テーブルにひじをのせて寄っかかり、木島みのりは早くもくつろぐ体勢にはいったのだった。

「親もとから学校に通ったほうがいい年頃だものね」

といってから、わけしり顔を台所にいる柊子に向けた。

「水でいいよ」

お茶をいれようとやかんを火にかけた柊子に声をかける。

「最近、水道水に凝ってるのよ」

少なくとも一・五リットルはのむわね、といい、リスちゃんていくつなの？　と訊いた。

「十五、六？」

柊子が半疑問形で答えたら、ああ、そんな感じ、と、木島みのりは笑った。

「そのころの柊子に目のあたりがそっくりだもの」

ほら、なんていったっけ、あんたが熱をあげていた男の子、と早口でいった。

「吉成くん」

水道水をなみなみとついだグラスを木島みのりに渡して、柊子が答える。

「そう、そんな名前」

かぎりなく凡庸なかれ、と、木島みのりはひとりで大笑し、グラスに口をつけた。

レガッタの選手がオールを漕ぐように、むった、むった、と、水をのんだ。

「水道水みたいな男の子だったよね」

わざわざお金をだして買うまでもない、蛇口をひねったらでてくる水、と、グラスをおいた。

「でも、そういうひとがいちばんいいのよ」

仲人口のようなことをいい、木島みのりは肩をすくめた。笑っている。高校時代、かのじょが思いを寄せていたのはサッカー部の司令塔であったり、バンドを組んで文化祭のステージで熱唱したヴォーカルであったことを柊子は思いだした。

「こないだきたときに見かけたコックさんもわるくないし」

柊子、見る目、あるんじゃない？　と、木島みのりは含み笑いをする。

「絶好調って感じだね」

軽い皮肉が柊子の口をついてでた。木島みのりは編集者だ。有限会社とはいえ編集プロダクションに勤め、つくっているのはフリーペーパーのみだが、マスコミはマスコミ。ひきかえ、わたしは、と、柊子は思った。小さな港まちでバイトをかけ持ちしながら、古ぼけた家でしけた貸本屋をいとなみ、初恋のひとがやってくる日を待っている。と、こう、ざっとまとめたら、気のふれた老嬢みたいだ。

「絶好調？　そう見える？」

木島みのりが両手をひろげた。

「だって、なんか、ふくふくしてるもん」

ふくふく？　と訊き返す木島みのりを見て、柊子は、姉にいわれたのと同じことをいったと気づいた。口のなかで舌打ちする。

「かもしれない」

木島みのりはあっさり「ふくふく」を認めた。かもしれない、かもしれない、と、尻あがりに繰り返す。急いでおこわをたべ始め、たべ終え、クッションをかかえて、絨毯に横になった。ゴリラの話がでたのはこのときだった。

「だから、たしかめにきたの」

と、そんなこともいっていた。この「だから」もどこに掛かるのか柊子には不明だった。

眠れなくて、ふとんからでた。かけふとんをはぐって、からだを起こすと、病みあがりのような、柳腰の女のような気分になる。その気分を継続させて、柊子は髪を耳にかけた。

居間にいって、東向きの窓をあける。風が通った。五月下旬の深夜の風は、まだ少しよそよそしいものの、頬へのあたりは柔らかだ。

樋渡徹に似ていると柊子は思った。五月下旬の深夜の風は、即物的にかれと似ている。

ドライブにいったら、と、柊子は腕を交叉して肩を抱いた。首筋を撫でさすって手を離す。かれと会うのは、もう、よそう。

バイトもやめよう、と、脇腹に手をやったら、骨が触れた。柊子のそこは肉がもっとも薄かった。骨の数を指でかぞえて、こんなはずではなかったのだというようなことをふと思った。そんなつもりではなかったとも思う。

太りつつある月を見あげて、柊子は浅く笑った。

親切を受けただけのつもりだった。それまで、樋渡徹がしてくれた親切とおんなじように、かれの行為を受け止め、受け入れた感じに、柊子の「つもり」はとても近い。でも、ちっともいやではなかったし、ふくふくと満たされた実感があったから、柊子の「つもり」はあやふやだった。

浅い笑いを柊子は無理に深くした。まだらに黒い空に散らばる星ぼしに目をこらす。

小さな港まちとはいえ、灯は、夜空に影響をおよぼしている。シンチレーション。ちかちかと瞬く星の光が、わたしたちに届くまでには、どのくらいの時間がかかるだろう。星は、ここからどのくらいの遠くにあるのだろう。

なんにせよ、と、柊子は息をついた。

龍の舌の先にいてほしいのはひとりきりだ。

不倫相手にあやすようにいじられてよくなった自分や時や、恋人でもない男になだめるように抱かれてよくなった自分や時のその先に、かつてたしかにあったはずの、さらの自分と時間がある。それは、きっと、ずいぶん遠いところにある。

窓を閉めた。ガラスに映った自分と目を合わす。姉や木島みのりや樋渡徹の目に似ていた。ずいぶん遠いところから戻ってきた目だ。

ひとはたぶん、それぞれに、どこか、ずいぶん遠いところを持っているのかもしれないと柊子は思いついた。それぞれだから、それぞれ、ちがう。

二日後、午前十時半、樋渡徹が迎えにきた。

かれの愛車は紺色のセダンだった。

柊子を乗せて、なだらかな坂をおりていく。駅前を通り、国道五号線にでた。トンネルをふたつ越えて、左折する。狭い坂道にはいったセダンは、ふたまがりして平地にでて、停まった。所要時間、およそ二十分。

ついたぞ、とシートベルトをはずす樋渡徹に柊子が異議を唱える。

「ドライブっていわなかった？」

ほとんどことばをかわす間もないほど、ふたりが到着した丘は柊子の家から近かった。

ドライブだよ、と、樋渡徹が答える。

「距離は問題じゃないんだ」

口もとで笑った。

「時間もね」

9　スイッチオン

ゴロダの丘というらしい。柊子と樋渡徹が立っている場所だ。塩谷《しおや》にある。膝まで届かないほどの低いベンチが海側に三脚あった。向かい合っても三脚ある。あいだを通り、奥まって、伊藤整《いとうせい》の文学碑が建っていた。丘のしたたには、生家があったと樋渡徹がいった。

東屋に案内された。屋根つきの休憩スペースは海側のベンチよりも手前にある。腰かけて、まず植物を見た。バラ科と思われる。ずずいと広がる海を見るのに邪魔にならない背丈で垣根をつくっている。枝ぶりも、葉の茂りようもなにやらワイルドで、冬じゅう風雪に耐えてきたんだわといいたげだ。吹きあげてくる潮風の荒々しさといったらそれはもう、と、苦労自慢をちょっとして、でも、もうすぎたことよと水にながしているふうである。南国に咲く花のような濃いピンクのつぼみをいくつもつけている。戴冠式を待つばかりというようすに柊子は見立てた。王冠を戴いたら、おしべとめしべをふるわせて、今度は仲立ちする者を待つのだろう。

「サンドイッチ」

樋渡徹がレジ袋から包みをだして、柊子とのあいだに置いた。

「これはあんたのぶん」

シャンパンの小瓶もだした。自分にはガス入りのミネラルウォーターを持ってきていた。運転手だからな、と、鼻の頭をひと撫でして目を海に向ける。柊子も海に目を戻した。海は湾になっている。大きな海水が陸にはいり込み、三日月パンを横に置いた形状が眼下にひらいていた。右に岬が突きでている。ポンマイ岬、と、柊子の目を追い、樋渡徹がいった。

サンドイッチをたべた。具はハムとレタスとチーズとトマトである。こっちのやつはタマゴだと、マヨネーズであえたのをはさんだ切り口を樋渡徹が指し示した。長い指だ。深く切っているものの、爪だって長い。手の甲に浮きあがっているのは、指を動かす腱である。シャンパンの小瓶をその手に取った。コルクを抜こうとして、振るか？ と訊く。

「振って、噴水みたいに泡をだしてみるか？」

そういうの、きらいか？　と少し笑う。きらいじゃないけど、と、柊子も笑った。吐露した、という気分になる。きらいじゃないのだ。ばかりか、よくしてもらっていると思っている。ソファのうえで、ふとんのなかで、ひどく具体的に官能に触れたときよりももっと、いや、ちがう意味でもっと、よくしてもらっている。

頬にのぼった柊子の微笑が自分自身に向けられ、軽い嘲笑となった。三十一にして初めての経験かもしれない。男のひとはやさしいのだなと思っている。なんだか、おかあさんみたいだ。おとうさんとおかあさんをかさね合わせて、性とか他人とかをシェイクした感じがする。可愛い、も、一滴くわえられ、恋人、が、におい立つ。暖かな巣穴にふたりだけでもぐり込み、ただ、そこにいたいと願うような感覚が、柊子のなかで思いだされる。そんなことなら何度もあった。そんな経験になら、憶えがある。

「親父のバイクのケツに乗って」

樋渡徹が話し始めた。サンドイッチはもうたべた。ガス入りミネラルウォーターで喉をうるおし、炭酸がしみたとばかりに目を細める。シャンパンに視線を落として、柊子は微笑を深くした。

「蘭島まで海水浴にいったとき」

その話は前回、聞いた。蘭島はふたりがいまいる塩谷よりも西にある。海に沿った国道五号線を余市《よいち》方面に向かって、樋渡徹親子は走っていったのだろう。

「おれのなかで、塩谷はポイントだった」

「ポイント？」

「スイッチというか」

スイッチ、と、柊子が繰り返したら、夏休みの、と、樋渡徹が答えた。

「夏休みに、親父とふたりでバイクに乗って、海水浴にいくスイッチがはいるんだ、このあたりで」

風を切って、と、かれはつづけた。矢印みたいな三角形の風が切り裂く行く手に突っ込んでいくようで、と、ミネラルウォーターをベンチにおいて、両手を少し持ちあげる。粘土をこねるような手つきをする。なにかをこしらえ始めたふうだが、そのなにかも、むろん粘土も柊子には見えない。

「トンネルをいくつも抜けて」

最前抜けたふたつのトンネルを柊子は思い起こした。カーラジオが途絶え、耳の詰まった音だけが聞こえた。無音ではなかった。しかし、無音という音があるとすれば、それが聞こえた気がした。トンネルの壁の両側にはオレンジ色の四角い灯りがならんでいて、真っ暗闇ではないのだが、暗闇と感じる。おもてにでたら、明るくなった。息をつくと、ついさっきまでトンネルにいたことが信じられない心持ちになる。

「夏休みの気分があったまってきたところで」

樋渡徹の手は、依然、なにかをこしらえている。

「左に看板が見えるんだ」

一瞬な、と、念を押した。

「白い長四角が雑草だらけの崖に突き刺さっている」

太い墨の筆跡でたっぷりと書かれた漢字だらけの文言を、樋渡徹は、ある年、突然、読めたのだという。

「伊藤整というひとの育った家がこのへんにあるという看板だった」

伊藤整ってだれだ、と、樋渡徹は父に訊いた。口をひらくと、矢印みたいな三角形の風が喉まではいってくる。えらいひとだ、と、樋渡徹の父は簡潔に答えたらしい。このあたりに住んでたようだな。

「そのころ、おれはすでに学校で磁石の実験をしていた。磁石にくっつくもの、くっつかないものを試したあと、担任から塩谷の砂は砂鉄だと教わっていたんだ」

だから、黒いんだよな、と、樋渡徹がうなずいた。塩谷にも海水浴場はあるのだった。しかし、樋渡徹はそこであそんだことはないらしい。砂浜の黒さがおれにはどうにも暗く思えてね、と頭を掻いた。蘭島にくらべりゃ、海水浴客も少ないし。

「でも、えらいひとが住んでいたんだな」

育った家が看板になるくらいのな、と、薄く笑った。そいつが暮らしていたところは、と、えらいひとを「そいつ」呼ばわりしてつづける。

「このへんはいまよりずっとさみしかったのではないかと」

辺鄙《へんぴ》だったのではないかと、少年だったおれは思ったわけだ、という樋渡徹の手の動きが遅くなる。できあがりつつある「なにか」の仕あげにかかったようだ。

「おれが子どものときだって、このへんは通りすぎる場所だった」

毎年、通りすぎていた、と、柊子を見向いた。うまくいえないけどと、てのひらを返す。

「なにか」を放ったと柊子には見えた。

「そいつの看板は強烈なスイッチだったんだよ。おれにとってね」

夏休みにはいっていくような、戻っていくような、そのとき、かならず通りすぎるところがあるような、摑むような、捨てるような、なんとも複雑な心境で、おれは親父が飛ばすバイクのケツに乗っていたんだ。

「うまくいえない」

樋渡徹はややうなだれて、髪に指を入れた。

「初めてここにきたのは、親父が死んでからだった」

蘭島じゃないんだよ、と、かぶりを振る。アルバムに貼るような思い出なら、蘭島にはたくさんあるんだけどな、と、後ろ手をつく。その前に、かれの手は空を掬った。わりに長い滞空時間を経て落ちてきた、放り投げた「なにか」を受け止め、それをサーブしているように柊子には見えた。「なにか」が給仕されたと感じる。それはたぶん、と、すぐに察しがついた。樋渡徹の胸のうちだ。奥に、大切にしまっておいた、きっと、いままでだれにもいわなかったこと。

「碑文っていうの？」

かれは文学碑に目をのばした。

「あいつ、作家だったんだな。おれ、ここにきて初めて、あいつの書いた詩を読んだんだけどさ」

伊藤整を今度は「あいつ」呼ばわりする。

「ちょっとしたもんだと思うよ。詩とかそういうの、どうこういえる柄じゃないし、おれが褒めたところでだからなんだって話だけど、でも、あいつ、いいと思うよ。少なくとも、あいつは、ここにいたんだってわかる。おれが通りすぎた場所に、あいつはたしかにいたんだ」

ほとんど口をつけていないシャンパンは、柊子の手のなかで気が抜け始めている。あぶくの浮かびあがりが弱い。

「あいつの家は取り壊された」

すごくいってみたかったんだけどな、と、樋渡徹は海に目を向けた。海の手前に自動車の販売店がある。湾に沿った国道五号線にひらべったく店をかまえているのが見える。

「すごくいってみたいところがあるって、いいだろ?」

いまは跡形もない「そこ」が目と鼻の先にあるって感じ、よくないか? と、海を見たまま樋渡徹がいった。

「距離は問題じゃないんだ」

樋渡徹の広い肩が心持ちさがる。力が、ふっと抜けたようだ。

「時間もね」

軽く倒した襟足が笑っている。

「おれたちはドライブしてきたんだ」

あんたとここにきたかった、と、尻すぼまりにかれはいった。

それから、リスの話をした。樋渡徹は柊子に口をひらかせたいようだった。柊子の口数が少ないのを気にしているのかもしれないし、自分ばかり話しているのに気がひけたのかもしれない。うながされるままに、柊子はリスの話をする。

リスと暮らした二十五日間は、小さなエピソードで成り立っている。およそ取るに足りないものばかりで、他人に語るほどではない。それでも、そのいくつかを柊子が樋渡徹に話したのには、お返し、の気味があった。ふたり共通の話題、ということもある。

まるで、と、話しながら柊子は思った。アルバムに貼るような思い出話をしているみたいだ。樋渡徹はリスを怪しんでいた。なのに、柊子が語る思い出に耳をかたむけるかれは、そんなようすをおくびにも見せない。かれは、リスを、かれと柊子を結びつけたキューピッドに祭りあげているようだった。

そんなことを感じながら、新聞配達の途中で起きた出来事を柊子は話した。芸術家の家の前で自転車を停めたときのことだ。目の裏でシーンがくっきりと立ちあがる。

細い道を抜け、崖ともいうべき坂道をリスとのぼった。この崖のなかほどにある秋田犬を多頭飼いしている家が、新聞配達の難所なのだった。

まかしとき、と、リスは自らおとりになって秋田犬の気をひいた。三頭の秋田犬は躍りあがって、こっちこっちと挑発するリスに尖った歯を剝きだして吠えかかった。金網越しでもたいそうな迫力で、吠えているときより、よだれをたらしながらうなっているときのほうが怖い。短毛を逆立て、いやに長い舌をだし入れし、地べたすれすれに身をかがめてから、リスに飛びかかってこようとした。

朝刊をポストに入れ終え、柊子はフリースの背なかをつまんで、リスを金網から引きはがした。

「なんてことないよ」

ざっとこんなもんさといわんばかりに、リスは両手を威勢よくたたいてみせた。ぜんぜん平気と鼻の穴をプウッとふくらませる。リスがいうには、秋田犬はただ朝の挨拶をしているだけなのだそうだ。ずいぶん荒っぽい「おはよう」ですこと。柊子がそういうと、番犬だからね、とまじめくさってリスが答えた。

「番犬には番犬の事情があるんだよ」

　リスのものいいを真似していったら、樋渡徹と目が合った。番犬には番犬のと口のなかで繰り返して、柊子は息を細くついた。

「きらいじゃなかったよ」

　樋渡徹がいった。

「あの子は、なんだか、あんたに似てた」
　十五、六のときのあんただ、と、のみほしたミネラルウォーターのペットボトルをレジ袋に入れる。
「そのころのあんたをおれは知らないけどね」

　でも、そんな感じだ、という樋渡徹の横顔を見て、柊子は目の裏に立ちあがったシーンのつづきを思いだした。

　あのとき、柊子とリスがいた小路の、かどから三軒目の家の前が、柊子が吉成くんに求婚した場所だった。十六歳だった。

　助手席に沈んで、シャンパンの小瓶に唇をつけ、息を吹きかけている。へたな笛の音が鳴る。ひと口のんだら、シャンパンはなまぬるかった。トンネルを抜けた。視界ぜんぶが明るくなる。樋渡徹がレバーを操作し、カチリとライトを消した。ドライブ。復路。名前や誕生日はおろか、「それ以前」がないリス。走っている、とも柊子は並行して思った。歩くよりも速く移動している。またトンネルにはいった。無音が聞こえる。しかし、耳のなかのどこからか轟音《ごうおん》も聞こえてくるのだった。残響めいている。また、くぐり抜けるように明るくなる。いや、くぐり抜けたと柊子は感じる。くぐり抜けたのだ。

リスは祖母だと思っていた。ツボミが若かりしころにすがたを変えて、家に戻ってきたのだろうと思った。その手の話ならよく聞くし、リスはテーブルを「おぜん」といった。「懐かしかったよ、なんとなしだけど。柊子さんに会ったとき、なんとなし、懐かしかったんだ」ともいった。どちらもツボミがいいそうなことだ。というか、ツボミがそういっていたのを柊子は聞いたことがある。

泣かさったもの（思わず泣いてしまったもの）、とツボミはいっていた。祖父に初めて会ったときの感想というか印象である。なんとなし、懐かしくて、と、ツボミは目頭をおさえ、涙をぬぐうふりをした。

リスは、吉成くんに出会う前のわたしだったのかもしれない。そんな思いが柊子にやってきた。かれに出会う以前のわたしは、あんなだったかもしれない。野うさぎがぴょんぴょん跳ねるような笑声を立て、ハミングのにおいがする乾いた洗濯ものに頬擦りするのが大好きで、そして、そうだ、ババ抜きで負けたらとても悔しかった。

　台所を取りつけた二階の十畳間で、リスとふたりで話していたときに、スノードームにいるようだと思ったことを思い起こす。あのとき、わたしは、以前のわたしと対話していたのかもしれない。きなこ飴はこんなふうにねじれていたのだとも柊子としては思いいたる。スノードームのなかで、時はねじれて止まっていた。

　目をあげたら、景色が変わっていた。車は駅前通りにはいっている。大小それぞれの看板を掲げたそれぞれの店が寄りあつまって、繁華街。少しぼやけて見えた。柊子の目の焦点はまだうまく合っていない。車が赤信号で停まった。樋渡徹が後部座席に手をのばした。箱ティシューから一枚取って、柊子に寄越してくる。受け取って、泣いていたことに気づいた。薄い紙で目もとを擦りあげて申し立てる。

「これ、嘘泣きだからね」

　へえ、そうですか、と、樋渡徹が片頰で笑いながら車を発進させる。女心など先刻承知のふうである。泣く理由は知らないが、理由がなくてもときに女は泣くものだとしているようだ。

「嘘泣きなんてかんたんなんだよ」

鼻声の早口で柊子はいった。湿ったティシューを片手で丸める。

「こっそり鼻毛を抜けばいいの。そしたら自然と涙がでるの」

それはまたなんというか、と、樋渡徹はハンドルを握ったまま座り直した。

「荒技だな」

あんた、わりにきかんぼうだな、と、気持ちよく笑う。鼻毛、抜いたのかよと訊いてくる。

「もう一回、やってみてくれよ」

「何度もやることじゃないんだよ」

といったら、笑いがでた。顔じゅうに笑みのあがるのを感じて柊子は、樋渡徹とはやはりこういう関係がいいと思う。憎まれ口めいた軽口をきき合える間柄だ。恋人として胸のうちをやり取りするのではなく、できれば、親しい友人としてやり取りしたい。

でなければ、荷が重いというのが柊子の正直なところだった。「まだ」をくっつけたら、もっと正直な心持ちになる。あやふやな心情を、恋人のようなそうでないような関係を引きのばしたい感じもして、柊子はそれを潔くないと考える。失礼だと思う。

（友だちのままでいましょう）

　というのは、しかし、意に染まない。

（もう少し、友だちのままでいさせて）

　と含みを持たせていい換えるのは、本音に近いが、ずるいし、傲慢《ごうまん》だ。

　樋渡徹といまこうしているのは独特に心地いいし、間柄に深くはいっていきたいと、からだが心ごと傾斜する感覚もある。しかし、それは「いま」だけのことで、樋渡徹は柊子の「それ以前」や「その先」にいるひとなのかどうかはよくわからない。「いま」、「ここ」にいるのはたしかなのだが、「それ以前」のかれは親切な隣人でしかないのの、小樽にきてから知り合ったひとたちからは、そりゃ、頭ひとつ抜けでているものの、遠望すれば横ならびになるだろう。すぎてしまえば、ああ、いいひとたちだったと思い起こすひとたちのひとりなのではないか。

（会うのは、もう、やめましょう）

　いおうと決めていた科白を喉までのぼらせると、嘘泣きするようなふるえが鳩尾《みぞおち》あたりにくる。でも、いつか、と、柊子は思っているのだった。いつか、このひとと龍の舌の先で会えたらいい。きなこ飴みたいにねじれた先に、特別なひととしていてもらいたいと少し思う。それが「いま」、わたしにわかれば苦労はないのに。

時がねじれて止まっていたスノードームからでた途端、時は、ずいぶん速くすすみだしたと思えてならない。それは、柊子におかまいなしにすすんでいっているようだった。

決めていた科白をいう前に家についた。なにしろ二十分のドライブである。シートベルトをはずして、柊子は樋渡徹の横顔を見た。ずっとうつむいていた。つばをのみ込み、あの、と、口をひらいたら、おい、と、樋渡徹が間の抜けた声をだした。視線を前方に向けている。柊子に目をやり、顎をしゃくった。

「なんだ、あれ」

玄関先に、ちょっとしたひとだかりができていた。その数ざっと十人。若い女とじいさんが約半々である。じいさん連中には見憶えがあった。二階に台所を取りつけてくれたじいさんたちだ。ひとりが車中の柊子に気づいた。齢のわりには軽やかな足取りで駆け寄ってくる。樋渡徹が手もとのスイッチで窓ガラスをおろしてくれた。じいさんが窓に手をかけ、首を車内に入れてくる。

「サカナを持ってきたんだけどよ」

入れ歯を歯茎ごと見せてにっかり笑う。

「留守だったから、玄関において帰ろうと思ったんだけどよ。したら、なんか、若いお嬢さんに声、かけられちゃってよ」

店のことをあれこれ訊かれてよ、と、じいさんは満更でもなさそうだ。あけ放った四角い車の窓の底辺にひじをのせている。中腰になっていて、交叉させた長靴の、軸足ではないほうのつま先で地べたを打っている。

「そのうち、人数が増えちゃってよ。まあ、あれだ。じき店主も帰ってくるだろうから気長に待つべってことになって」

じいさんたちは若いお嬢さんたちに温かい缶コーヒーを振るまったそうである。柊子が礼をいう前に、なんも気にすることないって、と、激しく手を振った。

「いかったな」

日灼けがしみついた頬に微笑をきざんで、声を落とした。

「商売繁盛でないか」

樋渡徹がお茶をいれるのを手伝ってくれた。若い女はカフェイン抜きの飲料を好むらしい。ハーブティーに人気が集中した。緑茶、濃いやつ。クリープ入り紅茶。じいさんたちは常連顔をして、いつになく細かい注文をつけた。ガイドよろしく、居間を案内している。タイム屋文庫店内だ。先にはいって柊子が閉てた、こあがりの十畳間と居間とを区切るふすまをあけて、「ここに仏壇」といっている。

「先々代の」

と、仏壇のうえにかかっている白黒の写真を指差し、

「市居夫妻」

と紹介した。そんなことは一度もしたことがないのに、おがみ始める。蠟燭に火をともし、線香を立て、りんを鳴らした。

「柊子ちゃんがりっぱにやっています」

ご安心を、と、五人のじいさんたちは、合わせた手の先を鼻のつけ根におしあてて、かわるがわる頭をさげた。若い女の客たちがそれに倣《なら》う。かたわらに正座でひかえたじいさんたちは、かのじょたちの作法を注意した。座ぶとんを踏むな。線香の火は口で吹いて消すな。

ひと通りおがみ終えた若い女の客たちを、じいさんたちは居間のそこここに座らせた。本棚や茶だんすを指差して、ここにある本はみんなここの店主が読んだものだ、女手ひとつで店をたちあげた、二階に台所までつけた、たいした甲斐性だと口々に柊子を持ちあげる。

「あんた、じいさん軍団に人気があるみたいだな」

台所で樋渡徹が耳打ちしてきた。苦笑して、かぶりを振りかけたら、ひとりのじいさんが声を張る。

「新聞配達もしているんだ、生活のためにな」

朝もはよから、眠たい目をこすって、雨の日も雪の日も、と、浪花節の口調でつづけたが、柊子が新聞配達を始めたのは今春なので、「雪の日も」というのは嘘である。訂正してもらおうとした柊子の肩を樋渡徹がおさえた。タイム屋文庫店主の苦労を一席ぶっているじいさんに声をかける。

「レストランでバイトもしてるぞ」

かけもちだ、と、苦労話に加担する。

「そうだ」

リーダー格のじいさんが腕組みして深くうなずき、

「そして、そうだ」

と与太を飛ばす係のじいさんがにやっと笑った。

「そのレストランの二代目といい仲なんだ」

ほれ、あそこ、と、台所に目をやった。若い女の客たちの視線が柊子と樋渡徹にあつまる。てんでにちがぅ方向に目を落としたふたりの耳にじいさんの声がかぶさった。

「遠くて近きは男女の仲だ」

「いや、そういうんじゃなくて」

抗議した柊子と若い女の客たちと目が合った。う・わあ、という目をしていた。驚きとあこがれがまじりあった色が浮かんでいる。驚きたいこと、あこがれたいことがあらかじめあり、その体現者を見ているような色合いに思われる。わたしの、どこが、なんで、と柊子が戸惑っているうち、かのじょたちの視線はタイム屋文庫を泳ぎだした。なにもかもが身にしみるというふうに、書棚を、茶だんすを、薪ストーヴを、五角形にへこませた天井にさがるこぶりの古いシャンデリアをめぐる。

お茶をだした。おいしい！　おいしい！　と歓声があがる。

「そんなに旨いか？」

樋渡徹が柊子のひじをつついて小声でいった。

「ティーバッグだぞ」

こめかみをちょっと掻いて、ムードだな、と、低く笑った。じいさんたちの功績大だ、とつづけた。仏壇もよかったかもしれない、と、分析にかかる。

「わからないもんだな」

感想をもらして、

「待ち時間が長かったのも功を奏したんだろうな」

首をひねった。

「なんで急に客がきたんだ？」

あんた、テレビにでもでたか？　と訊く。まさか、と、柊子が手を振ると、だよな、と引き下がった。

「テレビならもっと客がくるだろうしな」

「いくらわたしが抜け作でもテレビにでたかでないかくらいの自覚はあるだろうしね」

「新聞ででも紹介されたか？」

「わたしに断りなく？」

「投稿とかさ」

いや、しかし、と、樋渡徹がまた首をひねった。新聞の投稿記事をたんねんに読む感じじゃないんだよな、と、居間を見る。

「なんだ、あれ」

樋渡徹の呟き声にうながされ、柊子も居間に目をのべた。若い女の客たちが、全員、寝転がっている。絨毯のうえ、床のうえ、クッションをかかえ、あるいはかかえず、クスクス笑いをやりながら、目を閉じていた。

「あざらしかよ」

樋渡徹があきれた声でいった。

「氷のうえでひなたぼっこをするあざらしみたいだ」

ほんとだ、と、口を半分あけたままの柊子に一頭のあざらしがからだを起こして呼びかけてくる。

「すいませーん」

「はい」

「レコード、まだですか？」

「はい？」

「レコード、かかるって聞いたんですけど」

たとえ初めて耳にした曲でも懐かしいと感じるスタンダードミュージックが低いボリュウムでながれて、疲れたからだをふわりと包み込むって話だったと思うんですけど。

「ふわりと、ですか」

やや首をつきだして柊子が訊くと、

「ええ、ふわりと」

と、目をかがやかせてあざらしが答える。それ、どこのだれから聞いたんですかと問う前に、リーダー格のじいさんがいった。

「聴かしてやんな」

思うぞんぶん、聴かせてやるがいいさ、と、いくどもうなずく。

「んだなあ」

ほかのじいさんたちも同調した。ソファに三人、床にふたり。寝転がっていない五人の客もレコードを希望したので、柊子はステレオの蓋をあけた。針を落とすと、糸くずみたいな虻の羽音が鳴りだした。あざらしたちが思い思いの寝すがたで呼吸を深くしていく。


LPレコードを三度返して、一時間が経った。じいさんたちは帰っていた。なんだかわからないけども、いかったな、と、いいおいて。あざらしたちが申し合わせたように目を覚ました。のびをし、若い女にかえっていった。めいめい嘆息をつき、こらえきれぬように笑いだす。ふたりづれが三組という構成である。最初はつれと話をしていたが、そのうち、交歓が始まった。

「みた？」

「みた」

といい合っている。肩をすくめ、口に手をあてる者あり、せっかく起きあがったのに床に伏して手足をばたつかせる者あり、クッションを胸にかきいだく者ありで、かまびすしい。イザワくんよ、とか、ぜんぜん知らないまちだった、とか、子どもは何人とはしゃぐなか、あたしはいまと変わりなかったとつまらなそうにしている者がいる。居合わせた全員でなぐさめだした。またくればいいんじゃない？　そうよ、またくればいいの。

「何度きてもいいのかな」

つまらなそうにしていた者が弱い声をだした。いいの、いいの、と、さえずりが盛んになる。

「だって、ここに書いてある」

ひとりがバッグのなかから、折り畳んだ紙を取りだした。丁寧にひらいて見せる。

「いまの『わたし』が変わっていくように『夢』も変わるって」

「あの、ちょっと」

柊子が口をはさんだ。客が手にした紙片を指差す。

「それ、なんですか？」

10　たんぽぽ娘の末裔

＊

その店は小樽にあります。貸本屋です。古い一戸建てに店を構えており、扱っているのは時間旅行の本のみで、喫茶も兼ねています。

ああ、そういうのねと思うでしょう？　そんな貸本屋はさしてめずらしくない。あなた、いま、そう思いませんでした？　うべなるかな。きょうび、そういうブック・カフェはよくありますものね。もはや「特徴」でもなんでもないかもしれません。ところが、そこに但し書きがついたらどうでしょう。「箇条書きができる特徴」としては、という一文ですから、さあさお立ち会いというところです。

古い一戸建てというのはいいました。

明治生まれの家出娘が縁あって所帯を持った、税務署署員と住んでいた家です。シャイでぶっきらぼうで尚かつなかなかの洒落者《しやれもの》だったご主人が亡くなったのは、二十年も前のこと。くだんの家出娘はしばらくひとりで暮らしていましたが、昨年、天に召されました。行年百一歳であります。進取の気性にとむ家出娘は、名実ともにおばあちゃんになっていました。あたえられた長命をまっとうし、たんぽぽの綿毛のように種を飛ばして逝ったのでした。その種のひとりが移り住み、開店したという次第です。

その店にはいるには、靴を脱がなきゃなりません。ドアをあけたら、昭和時代にタイムスリップした気持ちになります。滑り止めのついたスリッパにはき替えているのにもかかわらず。

かつての家出娘が暮らしていた部屋が、ほぼ、そのままの状態で残っています。なので、調度も空気もレトロなんてもんじゃない昭和です。調でも的でもなく懐古の情が胸にこみあげてきます。じっさいには知らなくても、思いだしたという感じがします。

わたしたちは、長い休暇の一日をおばあちゃん家で過ごすようにその店で過ごすのです。

低いボリュウムでBGMがながれています。雑音混じりのスタンダードミュージックが、わたしたちを、ふわりと包み込んできます。そう、ふわりと、です。「あ、包み込まれた」、と、思ったらしめたものです。

その場で横になりましょう。板敷きだから、背なかは少し痛いけど気になるほどではありませんし、床にごろりと寝そべるのは、ある意味、その店における作法と思っていただいて結構です。

大丈夫。お行儀がわるくても、店主はとがめ立てなどしやしません。だって、たんぽぽの綿毛が土におりて芽吹いて育った種の末裔《まつえい》ですよ。あとさき考えずに会社を辞めて、貸本屋をひらくのを突如思い立った、いきあたりばったりの三十女。たんぽぽの伝統をしっかり引き継いでいます。

近所に住む背の高い独り者と怪しいと仄聞《そくぶん》しました。かれもまた、シャイでぶっきらぼうでなかなかの洒落者だというから、新たな種が飛ぶかもしれません。楽しみですね。

「仄聞かよ」

どこから聞いたんだよ、と、「背の高い独り者」がいった。「いきあたりばったりの三十女」がかすかに息をつく。

客から借りたフリーペーパーを読んでいた。柊子の手もとを樋渡徹が覗き込んでいるという恰好である。

お店紹介の記事だった。総勢なん人かはわからないが、編集者が交代でおすすめの店を紹介する趣向らしい。今回、受け持っているのはKジマさんというひとだった。「Kジマのいちおし！」という文言の脇に親指を立てた似顔絵が載っている。まったく似ていなかったが、木島みのりにちがいなかった。なにが「楽しみですね」だ。柊子は思った。断りもなく勝手なこと書いちゃって。樋渡徹が訊いてくる。

「知り合いか？」

不承不承というふうに柊子は認めた。

「でなかったら、こんな詳しいことまで知らないでしょ？」

いい返して、歯がみする。こんな詳しいことまで、と、胸のうちでまたいった。これじゃあ、まるで、わたしが樋渡徹を憎からず思っていると「知り合い」に打ち明けたと白状したようだ。

ふむ、と樋渡徹が顎に手をあてる。けしからん、といった風情で渋面をこしらえているものの、方便じみている。若い娘の客たちはひじをつつき合ったり、目配せしたりしながら、ふたりを見あげていた。柊子は控えめに頭を横に振った。どんどん公認されていく。したまぶたがぬるんでくる。

＊

眠たくなります。静脈注射を打たれて、握りしめたこぶしをそうっとひらいていくような眠くなり方です。ひらいた指の先っぽに、なにかが柔らかく触れてきます。めそめそどきにぐずりながら寝入る赤ちゃんの小さな指をおかあさんが握ってくれるようにね。おっぱいをたくさんのんでふくらんだお腹が規則ただしく上下します。吸って、吐いて。ほら、吸って、吐いて。

まんぱいになっていきます。わたしたちが投げだした足の向こうにはベランダ越しに海がひろがっています。つまさきから海水があがってきます。海の青にひたされて、心が鎮まります。もとあった場所に戻っていくみたいに。

そしたら、わたしたちは夢をみます。

ここ、大事ですよ。

わたしたちは、夢をみます。

将来の夢です。

具体的ではないかもしれません。

けれども、判じ物では決してない。

夢みたひとなら、きっとわかる。

それが、未来の自分なのです。

うすうす知っていたことを、あらためて知るような感覚とでもいいましょうか。ですから、占いよりもよほどたしかです。だって、だれかにいわれて気づくのではないんですもの！

ちなみに、その店で、私、Kジマは二度、夢をみました。

ゴリラの夢と、リンゴの夢です。つづき物でした。私以外にはさっぱり意味がわからないはずです。でも、ああ、そうだったんだ、と、私は得心しました。そうなっているんだ、と。今の「あたし」が変わっていくように「夢」も変わっていくようです。

貸本屋ですが、本は借りても借りなくても、もっといえば読んでも読まなくてもいい。いったでしょう？　店のなかに（居間なんですけど）はいるのは、時間旅行の物語にはいっていくのと同じですからね。

ですが、お茶くらいはのんでいってください。よく眠るためには、カフェイン抜きの温かいお茶があったほうがよろしいでしょう。

その店は、小樽にあります。

なだらかな坂をのぼっていくと、踊り場のような平地に、錆びた青いトタン屋根の家が建っています。

ひとかかえもある八重山吹が目印です。

店の名前はタイム屋文庫。

判じ物ではありませんから、以下、所番地を記します。

小樽市入船、と、柊子は住所を読んだ。客から借りた紙片を折り畳んで返す。客は、大切そうにバッグにしまった。木島みのりの書いた記事はハサミで切り抜かれていた。案外深い折りじわである。ざら紙は手指の湿り気でところどころに浮きがあり、すでに少々くたびれていた。紙片をバッグに仕舞い終え、客が顔をあげた。柊子と目が合い、口もとに力を入れる。髪を耳にかけ、ちょっと笑った。

「ありがとう」

きれくれて、と、柊子も笑った。

若い女の客たちはもう帰った。うちひとりが帰りしなに、あの、といった。現状と変わらない「わたし」の夢をみた客だ。ほんとにまたきていいですか、と、うぶげのはえたひたいをさげる。訊けば、十九歳。やっと合格した大学をやめようかどうしようか迷っているらしい。やめてもやめなくても、と、小さな声でいった。なにをしてもしなくても、あたし、つまんないって思うひとみたいなんですよね。

柊子はかのじょをあらためてながめた。早くも口角がさがりかけている。仏頂面が板についているという感じである。若い身空で、と、柊子は思った。でも、そんなものかもとも思う。若いんだから楽しいことがたくさんあるだろうにと、雑に括る大人は好きではなかった。

「いつでもどうぞ」

と、笑った。笑みの残った頬に手をあてる。露台にカーテンをひこうとしてやめた。肩幅ぶん、あけて、夜風を吸い込む。木島みのりも罪つくりなことをしたものだ。宣伝効果はたしかにあったが、嘘八百をならべ立てたといってもいい。そりゃ、木島みのりは「そう」だったのかもしれないし、「そう」思い込んだのかもしれないが、あんまり主観的すぎる。わざわざ記事にして、若い娘さんたちに偽薬をのませる真似などしなくてもよかろう、と、柊子としては思うのだった。わずかに苛立ち、だって、と、つづける。「それ」がほんとうなら、わたしだって夢をみるはず。毎晩、ここで眠るわたしがみないで、たまさかやってきた客人だけがみるのはおかしい。

露台の窓を閉めた。台所にいき、放りだしていたトートバッグから携帯を取りだす。木島みのりに電話をかけた。

「やったわ！」

イエス！　という声を木島みのりはだした。まだ職場にいるようだ。低い背もたれにからだをあずけ、回転椅子をひねっているようすが柊子の目に浮かんだ。

「やってくれたね」

とことばを返す。デスクに山積みした書類や資料に埋もれてＰＣに向き合う木島みのりを想像する。残業の多い仕事だと聞いている。近所の蕎麦屋の出前時間は夜九時までで、ラーメン屋なら十時まで配達してくれるが、おいしくないといっていた。結局、コンビニよ。お弁当とカップ麺の新作にはくわしいわね、と、木島みのりは皮肉っぽく微笑していた。多忙を鼻にかけていると、そのとき思ったことを柊子は思いだしている。

「そうよ」

やったわ、と、木島みのりは声音を落とした。椅子から立ちあがる音が聞こえる。歩き始めたようだった。職場の喧噪《けんそう》が遠のいていく。

「あの店をみんなに知ってもらいたかったの」

あの店で起こることをね、と、木島みのりは短い間をとった。まだだれも知らない、と、ひとりごちるようにいう。

「でも、あの店で起こること」

喧噪がやんだ。木島みのりの声だけが柊子の耳にはいってくる。声は、反響していた。エレベータホール。あるいは踊り場に木島みのりはいるようだ。


「文章を書くのは好きだわ」

ひと息ついて、木島みのりはつづけたのだった。かのじょはフリーペーパーに情報を書いている。美味《おい》しいもの、気持ちいいもの、得するもの、ちょっとだけめずらしいものを毎月紹介している。

「書ける仕事ならなんでもいいと思ってた」

さあ、いまから泣き言をいうわよ、といわんばかりに木島みのりが声を張る。

「毎日、おんなじことの繰り返しなの」

居酒屋やカフェやレストランにいっては名刺をだして、取材して、広告も頼んで、断られても、また次回よろしくお願いします、と頭をさげて、字数通りにうまいことまとめて、うまいことまとめられるのは、すでにあたしのなかでパターンがいくつかあるからで、そのパターンを使い回しているだけで、それって、と、木島みのりはここで息をついだ。

「りんご、バナナ、食パンみたいな感じなの」

ゴリラの夢。地球規模の動物園で、一頭だけ檻に入れられ、飼育員からえさをもらってたべていたローランドゴリラ。おそらく日々代わり映えのしないえさをたべる、本来もっと野性的で知的であるはずの、銀色の毛が背なかにはえたゴリラの夢の話なら、以前、聞いた。

たまにはほかのものもたべてみたいけど、でも、やっぱり、りんご、バナナ、食パンなの、と、木島みのりが存外静かにいった。

「読者が知りたいのは情報だけ」

どう書いているかなんて、たいした問題じゃないのよ、と、いいきった。

「りんご、バナナ、食パンがいいの」

たべ慣れているものが一番いいのよ、という木島みのりの声は笑いを帯びている。目を見ひらいて、おどけ顔をこしらえているのだろうなと柊子は思った。

「でも、あのゴリラはえさをくれる飼育員と追いかけっこをして、あそんでいた」

たとえ毎日おんなじことの繰り返しでも、檻のなかにいたとしても、アクセントはつけられる、そう思ったの。本気であそぶ余地があるってことよ。

「腑《ふ》に落ちたわ」

あたしは、と、木島みのりはさっぱりとした声をだした。

「北極で暮らす白熊でも、雪原を走るトナカイでもなかった。それに気づいた」

かなしいことにね、と、つけ加える。ところが、と、さらにつけ加えた。

「ゴリラがあたしにりんごの種を吐きつけたの」

ゴリラが吐きつけたりんごの種は木島みのりの胸のなかで芽をだしたのだという。見る間に木となり、真っ赤な実をつける。

「あたしは、いつものあたしの席でパソコンを打ってるの」

胸のなかからりんごをもいでたべながら記事を書いてるわけよ。ちょっとめずらしい情報をね。

「読者の反応があるのはいつだって嬉しいわ」

反応がなくちゃ広告、取れないしね、と、小さく笑った。すかさず、でも、それだけじゃないの、と、お腹から発声する。

「届いたって感じがするのよ。それがこのすれっからしの胸をやっぱり明るくさせるんだわ」

そのことに気づいたの、ていうか、思いだしたの、と、かぶせるようにいう。そうじゃないよ。柊子は口のなかで反駁《はんばく》した。あんたはまだすれっからしじゃないよ。そう思ってるだけなんだよ。そう思いたいだけなんだよ、とことばをならべたら、木島みのりが呼びかけてくる。

「柊子」

顔をあげる。木島みのりの声が近くから聞こえた。

「めずらしい、ってね、清新な印象にもとづく賛美の情をいうのよ」

知ってた？　と訊かれ、知らない、と、答える。

「あたしが書かなきゃだれが書くのよ」

だれがあの店で起こったことを書けるっていうのよ、と、木島みのりは勝ち気な声をだした。鼻っ柱の強そうな、徹夜なんかものともせずにばりばり働く女の声だ。すれっからしの声といってよかった。でもそれだけじゃない。

居間を見渡す。木島みのりはここで夢をみたのだと実感した。木島みのりにとってはなにもかもが真実だろうが、しかし、ほかのひとにあてはまるとはかぎらないとまだ思っている。催眠にかかりやすい若い娘はべつにして、といいかけたら、木島みのりがさえぎった。

「このあいだ胃カメラをのんだの」

「え」

「胃カメラ。胃の調子がわるくて、わりに評判のいい個人病院にいってね」

そういう「情報」のストックなら、木島みのりはたくさん持っているだろう。

「柊子のおねえさんに会ったわ。受付をしていた」

「ああ」

元気そうだった、と、木島みのりも元気にいった。柊子の話もしたのよ、という声がうきうきとしている。

「おねえさんも夢をみたんですって」

タイム屋文庫で。

姉にも電話をかけた。バラエティ番組のうわずった騒音を背景にして、姉は、そうなのよといった。旭の笑声が聞こえる。父も母も笑っていた。柊子が以前暮らしていた家の茶の間で、柊子がいたときよりもただしく一家団欒《いっかだんらん》をやっているようだ。姉が繰り返す。そうなのよ。

「あたし、歩いていたんだわ」

ペリドットって知ってる？　柊子が答える前に八月の誕生石よ、きみどり色の半貴石、と、いった。そんな色の草のうえを姉は歩いていたらしい。

「風に頬を撫でられてね」

その風だってペリドットの色をしていたそうだ。

「あたしは、あたしの顔を見たの」

あたしは、あたしの心境がすっかりわかったの。だれも恨んでなかったわ、と、姉は忍び笑いをもらした。不平不満がなんにもなかったの。そんな心持ちになったことなんて、いままで一度もないのにね。ふう、というか、すう、というか、姉は長い嘆息をもらした。呼びかけてくる。

「柊子」

「聞いてるよ」

眉間にしわがはいっていた。見慣れたはずの居間を見ている。書棚、茶だんす、薪ストーヴを、ローズウッドの無垢板に立って。踏みだしたら、足裏に絨毯が触れた。

「あんなあたしになれたらいいなと思ったの。力みかえらず、ただ、きみどり色の草のうえを歩いている。気持ちいいと感じている。向かい風がきつかったら、そのときだけ、後ろ向きで歩けばいいのよ。そのときだけね」

あのひと、と、別れた夫のことをいった。

「いいところもあったわ」

ほんのちょっぴりだけど、と、息を吹きかけるようにいった。雑巾を絞りあげて、ひとつぶふたつぶ垂れた滴みたいなものだけど、と、小声でつづける。

「それでも、ゆすいだあとだから、そんなにきたなくないの」

雑巾は雑巾でもね、と、そこにこだわる姉が柊子は可笑しかった。笑声が立った。おりしも携帯越しに聞こえてきた一家団欒の笑声とかさなる。姉も笑った。あたしもそうよ、と肩をすくめる気配があった。

「雑巾をゆすいでいるところなの」

通話を切ったら、がりがりと音がした。こあがりの十畳間に目をやると、猫がスピーカーで爪を研いでいる。柊子の視線を察知して、猫は手を止めた。ばつのわるそうな顔をして、肉球を舐め始める。近づいたら、背なかの毛を逆立て、身構えた。久しぶりに対面した黒猫は、柊子と親交があったことなど忘れているようだった。飴色の目を光らせ、低いうなり声をあげている。

「少し、痩せた？」

柊子は訊いた。じわじわと間を詰めていく。猫は、いくぶん小さくなったひらたい顔を物陰から覗かせるように水平に動かした。ぴんと立てた耳を裏返す。柊子がステレオまでやってきても、その場で威嚇をつづけていた。

ステレオの蓋をあけた。すくまっている猫の背を足の先で押すと、猫はあおむけになった。そのお腹をつま先でかまいながら、レコードをかける。猫は柊子の足を前足で抱え込み、こいつめ、こいつめ、というふうに後ろ足でキックする。

「痛いよ、おまえ」

足を抜いた。靴下を脱ぎ、放ってやる。猫は、犬のように追いかけていった。ソファの手前で靴下に挑み始める。スタンダードミュージックがながれている。

ふわり、と、包み込む、ね。と、柊子は独白した。十畳間からおり、居間で横になってみる。クッションを枕にした。板が背骨に少し触る。目を閉じた。こぶりのシャンデリアの灯がまぶたの裏に残っている。吸って、吐いて。呼吸を意識した。ほら、吸って、吐いて。

いい具合にうとうとしてきたと思ったら、ひたいに軽い重みを感じた。目をあけ、猫が柊子のひたいを押さえているのを認める。なんかくれ、と、猫はいっているようだった。あんた、なにやってんだ、と、いわれたような気も柊子にはした。上半身を起こすと、猫は台所にたいへん軽やかに歩いていく。長いしっぽを立てていたから、肛門が丸見えだ。猫は、雄だと思っていたが、雌であったと今夜、判明した。年齢はまだ不詳である。しかし、同い齢くらいではないかと柊子は思った。猫の年齢を人間におきかえても、また、その逆だとしても。

「おまえも夢をみるの?」

カリカリをがっつく猫を食器棚にもたれて見おろしながら、柊子は訊いた。

「思いだしたの?」

猫は顔を左右にかしげ、一心にカリカリを咀嚼している。

「だから、ここに、またきたの?」

おまえは、ここに、またくることになっていたの? といって、柊子は笑った。木島みのりが調合した偽薬が効いてきたらしいと思っている。偽薬ではないと、じつは、うっすらとだが気づいていた。さもありなん、という感じは、龍の舌を思う気持ちによく似ている。ただし、柊子においては、龍の舌のその先に、だれがいるのか、なにが待っているのかは不明である。

きなこ飴みたいにねじれている、円環をつくっているというイメージはあるものの、しかとはしていない。漂流。あるいは秤量《ひょうりょう》。ただよいながれ、重さが釣り合うそのときはいつ、わたしのもとにやってくるのだろう。刻々と変わる「わたし」と「その先」。

思いだしてみよう。初心に帰ろう。おまえと初めて会った夜のこと、と、柊子は胸のうちで猫にいう。

ぱっと目をあけ、そしたら、ひとまたぎした感じがした、あのとき。おまえたちに会いにきたんだよと祖母がいった十六歳の夏休みが切れ端のように落ちてきた。あれが、もしかしたら、「夢」だったのかもしれない。

判じ物では決してないと木島みのりはいっていたが、どう判じていいのやら、と、柊子は苦情を申し述べたい心持ちである。

夢は、わたしに、なにを見せた？

微笑が頬にのぼった。顎をあげ、つばをのみ込んだら、首を長く感じる。喉に手をやった。胸までおろして、息をつく。初めてのブラジャーはブラスリップ。中学一年生の入学式に合わせて新調した。胸はまだそんなにふくらんでいなかった。いまでもさほど大きくないが、ぎゅうっと寄せたらBにはなる。ふくらみかけた胸はつっぱるようにときどき痛んだ。胸にも、ブラジャーにも慣れたのは、十五、六のころだった。数年後、今度はブラジャーをはずされるのに慣れることになる。その前の期間に、吉成くんと会った。

これでいいんだ、と、柊子はふとんを引きあげた。足もとの、ふとんのうえで、猫が丸くなっている。初心の夜が戻ってきた。猫を気遣いながら、寝返りを打つ。樋渡徹の声が耳のなかで再生された。きょうの夕方、正確をきするなら、夕方と夜との境目にかわした会話だ。

「おれも夢をみたよ」

と、樋渡徹はいったのだった。

ここで、と、居間のソファを指差した。あんたの膝のうえに頭をのせて、うつらうつらしたとき、と、小さな黒子がちらばった頬を赤らめた。

どんな夢、と、柊子は訊かなかった。樋渡徹は目を伏せていた。その目が、いわなくてもわかるだろ、といった。

「わたしは」

と、そのとき、柊子はそういった。ふとんを頭までかぶって、もう一度、わたしは、と、いった。

「その夢をみていない」

「今夜、みるかもしれないじゃないか」

樋渡徹が柊子の耳のしたのほうから指を入れ、襟足を軽くさすった。客はもう帰っていた。

「明日か、明後日か、一週間後か、一年後か」

いつか、同じ夢をみるかもしれないじゃないか、と、樋渡徹は指先に力を入れた。かれの指が柊子のうなじの真んなかにあるくぼみにまで届いていた。

「いまじゃなくていいんだ」

急がなくていい。じいさんたちもあんたの知り合いも要は外野だ、と、手を離した。かれの指のあとの通りに、柊子のうなじが寒くなった。樋渡徹は腕を組んでいた。腰の重心を移して、いった。

「あいにく、こっちはあんたが好きでね」

どこがいいのかはわからないけど、と、いつもの憎まれ口をたたいた。

「あんたがいいんだ」

少し笑った。目尻と口のまわりに細いしわがはいった。それに、と、つづける。

「なんせ、夢もみたしな」

わたしは、と、柊子はまたいった。

「その夢をみていない」

強情だな、と、樋渡徹が明るく舌打ちした。ずい、と、胸を近づけてきた。押し戻そうとした柊子の手首をきつく摑んだ。少しのあいだ、見交わした。目の、奥のほうで、視線が合った。不意に手が離された。わかった、と、樋渡徹がうなずいた。きっぱりとした声だった。

「あんたの気がすむようにしよう」

声にも、顔にも、表情がなかった。

「おれは、もう、ここにこない。あんたもおれの店にこない。おれたちは、もう、会わない」

こういうのがいいんだろ、と、樋渡徹は眉をあげた。柊子が口をひらきかけたら、嘘泣きはやめてくれ、と、顔の前で手を払った。握りこぶしを口もとに持っていって、薄く笑った。

「だが、あんたは会いたくなったらいつでもおれに会えることにする」

会いたくなったらの話だけどな、と、もっと笑った。弱いね、どうも、と、頭を掻く。もういっぺんいってやろうか、と、肩をそびやかした。

「あんたが好きなんだよ」

長い足で回し蹴りするふりをして、かれは、じゃあなと帰っていった。


ふとんのなかで、きつく摑まれた手首に指を回した。思ったよりも細かった。親指となか指がくっついて、脈が触れる。これでいいんだと思っている。柊子は、目を閉じていた。耳も閉じようと努力する。虻の羽音を期待している。レコードに針を落としたときの音だけを再現しようとする。でも、聞こえてこなかった。音楽も、鳴らない。猫の寝息も聞こえてこない。龍の舌も見えない。胸のうちで手をのばした。「それ以前」も「その先」も消えたように感じている。そんなこと、あるわけがないのに。

三時に起きた。いつも通りだ。新聞配達を終え、柏並木を歩いている。洗心橋のたもとにある石材所の前まできた。新聞配達所で朝ごはんをよばれて、夕刊の配達もしたいと申しでて、あれこれ話して、九時近くになっている。

石材所の、引き戸の前にたたずんでいるひとがいた。白いシャツにチャコールグレーのVネックのセーターを着ていた。わりに細いジーンズをはいた、中背の男性である。

後方を通りすぎようとした柊子を振り向いた。目が合って、柊子の足が止まる。あ、と、唇が動いた。すぐにわかった。目が合ってしまったら、気がつかないわけにはいかない。たとえ十三年ぶりだったとしても。その間、一度も会っていなかったとしても。

「市居さん？」

と、中背の男性がいった。吉成くんだった。

11　永遠への扉

墓石を選びにきたと、吉成くんがいった。

おかあさんが、よくない病気をえたという。

もってあと半年、と、かすかに笑った。できれば小樽で眠りたいっていわれてさ、と奥まった声をだした。

息継ぎだけの間をおいて、孝行息子だかなんだかとうつむいた。これが親孝行なのかどうかと目をあげる。視線の先は川だった。コンクリートで固めた深みの底に、水がひらたくながれている。

風が吹いた。弱い風だ。前髪をそよがせて、吉成くんは長いまばたきをした。口をひらいてから閉じる。

まあ、その、と、いったはいいが、あとがつづかないようだった。ジーンズの後ろポケットに両手の指をねじこんで息をついた。洗心橋のたもとにある石材所は、かれの遠い親戚にあたるひとがやっているらしい。

「そういうわけです」

吉成くんは肩をすくめ、いま、ここにいる理由のあらましを話し終えた。

「ああ、そう」

柊子の声は腑抜けていた。親身な相槌を打てるものなら打ちたかった。三十一にもなって、それができないのは不甲斐ないと思っている。風邪のひき始めを装うような咳払いをひとつ、した。胸に手をあて、空咳もひとつ。

「市居さん?」と、呼びかけた吉成くんのようすが、目の裏に残っていた。残っているというよりも、映写機で映しだされるように、カタカタとコマが送られる。

石材所の引き戸の前でたたずむかれは、最初、横向きだった。柊子の歩く速度に合わせて、からだの向きが変わり、後ろすがたになっていった。柊子はかれの後方を通りすぎようとしていた。

柔らかそうなチャコールグレーのセーターを着た背なか、わりに細いジーンズのひかがみに寄ったしわ、茶色い靴のかかとが次々と大写しになる。カタカタとカメラがあがっていき、のびかけた髪の毛が襟足に張りついているコマになった。

　ふと、というふうに、かれは振り返ったのだった。視界にはいってきた異物をたしかめるような動きだった。その異物というのは、たぶん、羽のはえた虫ほどのものだと思われる。かれは、振り払うように頭をめぐらし、柊子を見向いた。

「市居さん？」と呼びかけた声は、さほど驚いていなかった。柊子もさほど驚かなかった。十三年ぶりに見た吉成くんはあまり変わっていなかった。柊子にとって、吉成くんとばったり会うのは幾夜も考えていたことだった。柊子の胸のうちで繰り返し思い起こした面影が、大人になってあらわれたと、そう感じた。吉成くんは、ほぼ、吉成くんのままだった。

　吉成くんが、さほど驚かなかったのも、柊子にとっては意外ではなかった。ふたりがこうして再会するのは、「そういうことになっている」からだという気がした。

　でも、それはどうやらちがっていたらしい。吉成くんが驚かなかったのは、ほかのことで、かれの心がいっぱいだったからだと知った。ひどくシリアスで、現実的な事柄に、かれは直面している。

　それでも柊子の胸のうちで、かれは、何度も、カタカタカタと振り返った。「市居さん？」と柊子の名を何度も呼んだ。

「市居さん？」

で、よかったんだっけ、と、吉成くんが訊いた。目のしたにしわが刻まれる。柊子は浅くうなずいた。

「まだ『市居さん』なの」

よんどころなく、と、しょうことなしに笑ったら、ぼくもそうだと吉成くんも笑った。よんどころなく、と、復唱する。また口をひらき、そして閉じた。鼻先を風上に持っていく。

おかあさんのことを思っているのだろうなと柊子は察した。かれは、たしか、ひとりっこのはずだ。このままでは、嫁の顔も孫の顔も見せられずに逝かせてしまうことになる。

柊子も顔を風上に向けた。風は、なだらかな坂から吹きおりてきている。もう、雪のにおいはしなかった。太陽光線でぬくまりつつある埃のにおいがする。きょうは晴天になるだろう。坂のうえを指差した。

「この先にある」

と、間を埋めるように発声する。

「古い家に住んでいるの」

　おばあちゃん家を乗っ取って、と、柊子は早口でいった。てのひらを擦り合わせたり、腰にあてたり、鬢のほつれ毛を耳にかけたりしながら、つづけた。

「おばあちゃんが小樽に住んでるって、ほら、わたし、むかし、吉成くんにいったことがあると思うんだけど」

　憶えてる？　と訊ねる前に、吉成くんはうなずいた。やや倒した首の後ろに手をやって、

「忘れませんよ」

　と、低く笑う。

「女の子とふたりで歩くのは、あのときが初めてだった」

　腕を組んで、柊子を見た。柊子の目を見て、口角をゆっくりと持ちあげた。と思ったら、吹きだした。お腹をかかえて大笑する。あれは強烈な思い出だったと切れ切れの声でいい、忘れるわけないって、と、尚も笑った。吉成くんとは一度だけデイトをしたことがあった。そのとき、柊子は、やむにやまれぬといった具合の衝動に駆られ、「ケッコンとかしてください」と求婚したのだった。

「たまに思いだすことがあったよ」

なにか、うまくいかないことがあったときにね、と、吉成くんはようやく笑いを引っ込めた。

「特に、ふられたときなどには、けっこう心の支えになったものです」

と、目を細くした。

「ついこのあいだも思いだしたよ」

顎に手をあて、川を見ている。

「このへんに時間旅行の本だけ扱う貸本屋があるんだってね」

微風にあおられた前髪を払って、柊子を見向いた。目は細いままだった。曖昧な笑みが柊子の頬にのぼる。

「すぐ近くよ」

とだけ、いった。

「フリーペーパーに載ってからは、わりに繁盛しているみたい」

そうそれ、と、吉成くんがひと差し指を振った。知り合いが、と、慎重にことばを選び、いってみたいといっていた、と、いう。知り合い、と、柊子は口のなかで呟いた。よんどころなく独身だけど、「知り合い」はいるんだ、と思った。

吉成くんと、歩き始めた。

「初めてのデイトを辿る」ツアーにでることとなったのだった。

あのときと、季節は同じだった。桜の花びらがすっかり散って、ライラックのつぼみがはちきれそうにふくらんでいる。咲いているものもあった。星形の、むらさき色の小さな花があつまって、房をつくっている。

道々、近況を話した。音信が途絶えていた十三年間をいったりきたりもした。それをふくめての近況だった。省略の多い叙述のような話である。山場だけを話している感じだ。

吉成くんは、人材派遣会社で営業をやっているそうだ。その前は金融関係の会社に勤めていたらしい。昨年暮れに転職したというから、柊子が会社を辞めたのと同時期だった。吉成くんはUターンしてきたらしいから、ふたりとも、同じころ、住む場所を変えたことになる。同じころ、吉成くんはひとり暮らしをやめ、柊子はひとり暮らしを始めた。

人生曲線というものが、もしあるとするならば、わたしたちの線は、そのとき一致していたのかもしれない、と、こんなことを柊子は考えた。たしかに近づいていたのだ、とも、思う。知らないうちに、知らないところで。

転職・退職、引っ越しの経緯は、ふたりとも口にしなかった。でも、これでよかったと思っているという点で、またしても意見が一致する。

わりにスムーズな会話がつづいた。そうっと探りあてた一致点を、スープをたべるように味わっている。噛みごたえはないが温かなものが喉を通り、柊子のお腹にたまっていった。

「初めてのデイトを辿る」ツアーは、柊子が新聞配達をする順路とほぼ同じだった。しぜんと柊子がガイド役を買ってでることになる。あのときは、ふたりとも迷子になった。

吉成くんは、そうだ、こんなだった、と、懐かしそうに、めずらしそうに、周りを見回している。

芸術家の家の前で、かれは足を止めた。玄関先に流木でこしらえたオブジェがある。複雑かつ大胆に組み合わさっていて、芸術的だ。

「これ、憶えてる」

吉成くんが、とてもいい顔で笑った。かれがこんな顔で笑うのは、きっと、久しぶりなんだろうなと柊子は思った。だって、顔の筋肉が、気持ちのいい笑顔、に、慣れていないふうだ。

「あのときも、『これはなんだ』と思った」

笑顔をぎこちなくおさめ、吉成くんはせわしくうなずいている。薄い眉を掻きながら、微笑するかれの横顔を柊子は見ていた。そうだ、ここだ、と、吉成くんが顎をあげたら、柊子がもっとも好きな角度になった。かれは、横顔がよかった。真正面から見たら平凡な顔立ちだが、横を向くと、外国のコインに彫りつけられた貴人のようになる。

「で、こっちにいったんだよね」

先に立って、かれは歩き始めた。しっかりとした足取りで、小路の奥のほうへと進んでいく。そこはいまでも舗装されていなかった。雨がふったら、二、三日はぬかるむ。

ふたりならんで歩けば丁度の道幅に、散った桜の花びらがしきつめられている。風が通れば、よいにおいが鼻先をくすぐる。見あげたら、ライラックのむらさき色の房が揺れていた。葉桜とともに、アーチをつくっている。隙間から、日が差し込んでいた。まだ、午前中。俳人なら初夏と詠む季節だろうが、北のまちだから少し肌寒い。薄いふとんにしようかどうか迷うような時期である。実際、柊子は迷っていた。来週あたり、と、思っている。

吉成くんは生け垣の高さをてのひらで測りながら、ゆっくりと歩いていた。柊子は煉瓦の塀をひと差し指でなぞっている。

たまに肩が触れた。ほんの少しだけだったが、柊子は接触部分を大きく感じた。感触の輪郭がにじんでぼやけて胸のうちで拡散する。初めて触れた吉成くんの肩だった。

かれは、「失礼」と、非礼を詫びるように、うんと小声で謝った。でも、三度目からはいわなくなった。そんなこと、たいしたことではないとでもしているふうだ。身についているという「ふう」である。柊子の頰に微苦笑が浮きあがった。かれの目からも、自分がいろいろ身についている「ふう」に見えているのだろうと思ったからだ。肩が触れても、平気な顔くらい、できるようになっている。

ふうん、と、吉成くんが腕を組んだ。歩く速度をふいに落とす。

「こんなにきれいだったんだ」

首を回して、葉桜とライラックのアーチをあらためて、ながめ渡す。

「うん」

柊子もアーチをあおいだ。

「季節もよかったね」

と微笑してつけ加えた。

「うん」

なにもかも、と、吉成くんも笑った。組んでいた腕をほどいたので、また、肩が触れる。

「シチュエーションとしては」

と、ジーンズの後ろポケットに両手の指をねじこんで、足を止めた。リーバイス501のポケットには、カモメみたいな黄色いステッチがはいっている。

「完璧だったんだな」

かれは、柊子が求婚した場所で立ち止まっていた。口をゆるくひらいて、そのまま、まぶたをおろした。いいにおいがする、と、呟く。ぼくは、と、いって目をあけて、首をさっと斜めに振った。

「十六歳だった」

十六歳だったんだ、と、繰り返した。喉仏が小さく動いた。つばをのみ込んだようだ。口をまたゆるくひらき、なにかいおうとする。

「わたしも十六だった」

やや慌てて、柊子がいった。

さえぎらなければ、きっと、吉成くんは謝るだろうと思ったからだ。非礼を詫びるように、身についている「ふう」に、十六歳のあのときの気まずさをかれに謝ってもらいたくなかった。

「そうだね」

吉成くんがポケットから指を抜いた。

ちょっとのあいだ、手持ち無沙汰にしていたが、意を決したように、肩を、軽く、おっつけてくる。

「ぼくら、恰好わるかったね」

すっきりとした、しかし、共犯者のような笑みを浮かべ、伸びをした。いまでもあんまり恰好よくないけどね、といっている。目が合った。わりに長く。

かれは首をかしげていた。眉間に、かすかに、しわを入れていた。深い息をひとつついたのち、素早いキスをする。猫だましみたいなキスだった。触れたかどうかもわからないくらいの。目をつぶるひまもなかった。

柊子は、ゆっくりと、でも、たくさん、かぶりを振った。手の甲をひたいにあてたり、両手で頬を包んだりと落ち着かなくしている。

吉成くんは「ちぇっ」という顔をしていた。うつむいた横顔が幼くなる。やっぱり恰好わるいな、と、ひとりごちた。声変わりは、とうに終わったはずなのに、ふらついた音程だった。

「こんなに完璧なシチュエーションは、二度とないと思ったんだ」

というのが、かれのいいぶんである。

季節。場所。直面しているシリアスな現実。むかし、袖にした女の子との偶然の再会。その女の子は、きらいじゃなかったが、好きまでいかなかった。心の準備もできないうちに、思いをぶつけられ、ちょっと嫌気がさしたこともある。忘れられなかったのは、かのじょが初めてふたりきりでいっしょに歩いた女の子だったからだ。そのとき歩いた道をまた歩いているという、このシチュエーション。

そんな吉成くんの心情が、柊子に伝わってきていた。

触覚で感知しているようだった。うぶげがみんなセンサーになっている感じがした。

空白だった十三年ぶんのカレンダーの升目を埋めるように、遡行《そこう》してみる。円環をつくる龍の舌も思ってみた。

場所も季節も、傍らにいるひとも、十六歳のときと同じだ。還ってきたはずなのに、なにかがちがうと思えてならない。その「なにか」は、ほんの少しだが、でも、決定的にずれていた。

吉成くんと触れたのは唇と肩だった。唇より、肩が触れたときのほうが、胸が熱くなったのはなぜだろう。いや、それよりも、と、柊子は思った。じんときたのは、かれが振り向き、「市居さん?」と一声を発したときではなかったか。吉成くんに呼びかけられて、柊子の胸は、絞りあげられるように高鳴った。高鳴りは目の奥と直結していて、まぶたがふくらんだ。

あんなに会いたかったのに、と、「いま」、柊子は思っているようだった。龍の舌は、円環をつくっていなかったと、これも「いま」、思い始めている。

吉成くんは、からだをひねって、後方に広がる海を遠望していた。秋田犬のうなり声が聞こえてくる。吉成くんが頭をめぐらし、ほとんど崖ともいうべき急な坂道に目をやった。顎をややあげている。柊子が、もっとも好きだった角度だった。そう。好きだった、角度だ。

「ここをのぼって」

と、柊子はいった。

「少しいくと、貸本屋があるのよ」

「時間旅行の?」

と、吉成くんが確認する。あらかた、普通の声に戻っていた。柊子は下唇を軽く噛み、そして、離した。

「そう、時間旅行の」

と呟き、

「タイム屋文庫っていうの」

と、笑った。


石材所の前で、吉成くんと別れた。まだ午前中だった。

吉成くんは、じゃ、と、手をあげた。じゃ、と、柊子も手をあげた。敬礼じみた仕草になった。かれが石材所の引き戸をあけるところまでは見ていた。

思い切るようにきびすを返し、いま、柊子は、なだらかな坂をのぼっている。高くなった日差しが、耳のつけねを温めていた。思った通り、晴天になった。午睡をしたら、いい夢をみられそうな日和である。のろのろと坂道をのぼる柊子のかかとに、短い影が張りついている。

何度も、立ち止まりそうになった。

「じゃ、また、ばったり」

と、吉成くんはいったのだった。

「そうね、ばったり」

と、柊子は応えた。少し笑って。そんなこと、二度とあるわけがないと知っている大人みたいに。上手に。

下水道をながれる水の音が聞こえる。側溝の蓋は、尺取り虫の節に似ている。ブロック塀との境目には、ハコベやたんぽぽが這いつくばってはえていた。

柊子は想像した。

もしも、また、「ばったり」があったとしたら、それはタイム屋文庫の店内だろう。かれは「知り合い」をともなって店にやってき、出迎えた店主を見て、「市居さん?」と、今度はほんとうに驚くはずだ。カタカタカタカタ、と、柊子の目の裏でコマが送られる。

「市居さん?」

そうして、かれと「知り合い」は、様式にのっとって、居間でうたた寝をするはずだ。かれらは将来の夢をみる。かれらの夢は、たぶん「その先」でまじわっていて、きっと明るい。そうだったらいい、と、柊子は思った。でも、そう思ったことが、なんだかかなしかった。他人の仕合せを願うように、吉成くんの仕合せを願っている。

過去は、時のながれを三分割したひとつにすぎない。
それは、すでにすぎさった時のことで、未来は、まだきていない部分。と、広辞苑に書いてあった。分割とは、分けて別々にすることらしい。現在は、過去と未来との接点だという。

辞書をひいた夜更けを柊子は思いだした。

市場でアネモネをひと束、買ってきた夜だった。タイム屋文庫はまだオープンしていなかった。柊子は居間でうつぶせになり、からめた両の膝下をばたばたさせながら、分厚い辞書を繰っていた。

広辞苑の記述に異を唱えたことも思いだした。

分けて、別々にするのはとてもむつかしいと、そのとき、感じた。なぜなら、すべての一瞬が「永遠」へとつながっているように、柊子には思えたからだ。

そこで「永遠」をひいてみた。

①果てしなくながくつづくこと
②始めなく終わりがないこと

広辞苑の答えには迷いがなかった。あおむけに寝返りを打ち、柊子は笑った。辞書に黒猫が寄ってくる。ひらいたままの「永遠」に腰を落ち着け、肉球を舐めだした。

なだらかな坂をのぼりきって、振り向いた。

ツボミの声がする。この坂の丸みは地球の丸みと同じでないかい、と、祖母のツボミがいっていた。

柊子は自分のてのひらを見た。ゆっくりと返して、ひと差し指を立てる。そのまま、前方に押しだした。木島みのりが夢の話をしたときみたいに。

すべての一瞬が「永遠」へとつながっていると思った夜。大の字で笑ったら、センターテーブルに置いたコップのなかでアネモネがこっそり、揺れた。隙間風が吹いたからではなかった。うなずくように、アネモネは揺れたのだった。

つながった、と、そのとき柊子はそう思った。「永遠」につながる一瞬を見た気がした。そのとき、「永遠」へとつづく扉は、たぶん、少しだけあいていたと、いまにして思う。

ひと差し指を立てた腕を左方に動かした。バス通りを挟んだ向かいにある急な石段で動きを止めた。

ひと差し指をおさめて、こぶしをつくる。その手をひらいて、扉を押す身振りをした。強い日差しが柊子の目にささった。急な石段のてっぺんに、赤い屋根のレストランがある。太陽の光を真上からあびていた。

呼び鈴を鳴らした。店舗ではなく、住居のほうだ。いま、午前零時少し前。夜中まで柊子は待った。「レストラン・ヒワタリ」の閉店時間は十一時だ。

「よう」

樋渡徹は素足を一歩、三和土《たたき》にだして、ドアをあけた。

「アポなしかよ」

まずは髪の毛に指を入れた。近所とはいえ、夜中に女がひとり歩きをするのは感心しないというようなこともいった。

「早かったな」

とひとりごちる。長期戦になると思っていたと柊子を見ずにいっている。

「夢でもみたか」

笑顔を放って、玄関にだしていた片足をあがり框《かまち》に戻した。

「みてない」

柊子は答えた。目をさげたら、樋渡徹のすねにいきあたった。かれは膝丈のズボンをはいていた。筋張ったすねに黒い毛がまばらにはえている。

「夢は、みなかった」

と柊子はつづけた。

吉成くんと別れ、家に戻り、スタンダードミュージックをかけ、うたた寝を試みようとはした。うつらうつらはできたが、夢をみるほどの深い眠りではなかった。

「みなくても、わかった」

浅い眠りでも、夢はみることができる。浅い眠りでみる夢は、深い眠りでみる夢よりも、現実との境界を曖昧にする。

「わかったのかよ」

樋渡徹は愉快そうに顔をほころばせた。目尻、口の周り。小さな黒子が散らばった薄い皮膚にしわがはいる。

「聞かせてもらいましょうかね」

と長い腕を組んだ。

「お聞かせしましょう」

受けて立つ、というふうに柊子は声を張った。

胸も張っている。鼻から息を吸って、口をひらいた。

「会いにきたのよ」

腰に手をあて、柊子はいった。

足は、肩幅にひらいている。

「わたしは、じつは、あなたに会いにきてたの」

このまちにね、と、腕を組んだ。

「おばあちゃんがわたしたちに会うために、家出をして、津軽海峡を渡ったように、わたしは、あなたに会うためにこのまちにきたってわけよ、どうよ」

尻あがりに声が太くなっていった。頭のほうを先にして、からだごと樋渡徹に詰め寄っているようである。それが証拠にかれは顎をひいていた。

なんで喧嘩腰なんだよ、と、あさってのほうを見て、樋渡徹は襟足を掻いた。わかんねえな、と、呟いた。頬に手をあてる。十秒ほど、物思いにふけったのち、つまり、なんだ、と、かれなりに結論をだした。

「新機軸だな」

うん、と、うなずく。抜け作のいいそうなことだ、と、樋渡徹はいつものように憎まれ口をたたいてみせた。まいったね、と、顔を斜めにして、横目で柊子を見た。上着の試着をするように背筋をのばし、なじませるように肩を上下させる。

「あんた、きょうはやけに鼻息が荒いな」

口もとで笑った。新しい上着の襟をしごくみたいに。

「とりあえず、なかにはいるか」

家の奥を顎でしゃくった。柊子は無言でうなずいて、靴を脱いだ。あがり框に足をのせる。樋渡徹の住まいに初めて、あがった。

「ほんとにいいのか」

狭い廊下を先に立って歩きながら、樋渡徹は、振り向いて、確認した。

「外野になんかいわれたとか、『いまの嘘』とか、そういうのナシだぞ」

ふたりきりしかいないのに、声をひそめる。

「あんた、あの夢、みなかったんだろ」

樋渡徹はタイム屋文庫でみた夢の話をしようとした。おれとあんたが、と、いいかけたのを、柊子は止めた。ふたりならべば、ぎちぎちの幅の廊下にからだを押し込み、樋渡徹の隣にでる。喉をそらすようにして、見あげた。

「夢をみなくてもわかる」

わたしは、きょう、と、柊子は一語ずつ区切っていった。

「夢から醒めたの」

浅い眠りでみた夢から、と、胸のうちでいった。

夢と現実のあわいをただよっていたような、このまちにきてからの毎日は、きょうをもって、過去になった。

吉成くんに会いたかった。吉成くんが好きだった。そう過去形で思う気持ちはほんとうだが、吉成くんをいまでもやっぱり好きだと思うこの気持ちもほんとうだった。十六歳の、愚かしいほど純情だった自分の頭をそっと撫でてやりたいように、振り返り、「それ以前」をながめるように、好きだと思っている。

胸のうちで、折り合いがついたかどうかは、じつのところ、まだ定かではない。

しかし、真夜中に、急な石段をのぼっていたとき、柊子の視界に星がはいってきたのだった。星は、何億光年の向こうから、さえざえとした瞬きを送ってきていた。

ああ、そうだ、という実感が柊子にきた。

手をのばせば、「永遠」に触れそうだと思った。

今宵の星は、今宵かぎりの星である。星は、柊子が思うよりも遠くにあるが、でも、案外、近いと思われた。

背伸びして、樋渡徹の首に腕を回した。ふくらはぎが、少し、つった。樋渡徹が腰をやや曲げ、協力してくれる。樋渡徹のにおいがする。木製の大ぶりの匙みたいなにおいだった。頰と頰を合わせて、ふたり同時にため息をつく。

「いえよ」

かれは、低い、親密なささやき声で柊子に命令した。甘やかな咳払いをして、柊子は、好きよ、と、小声でいった。

「吉成くんよりも」

うっとりと目を閉じたら、樋渡徹が顔を離した。

「そいつ、だれだよ」

それには答えず、柊子は笑って、廊下を歩き始めた。居間はこっち？　と、少しだけあいているドアを指差した。

「ていうか、おい、だれだよ、そいつ」

という樋渡徹を見向いてから、てのひらでドアを押した。

絨毯敷きの居間だった。テレビ、テーブル、ソファと家具がひと通りそろっている。使いこまれたリビングボードもあった。そのなかで幅をきかせているのはフルーツポンチセットである。多面体にカットされたガラスのうつわのぐるりに、カップがぶらさがっている。

両親と暮らしていた、そのままなのだろうと柊子は思った。古新聞をなんとかしないと、とも思った。あちこちで小山をつくっている。

「あ」

柊子の膝くらいの高さの山の後ろから、黒猫が顔をだした。柊子と目が合い、動きを止めた。しまった、という顔をして、大急ぎで前足を舐め始める。

「たまにくるんだ」

樋渡徹が後方から説明した。

「ふらっときて、ふらっといなくなる」

前足を舐めるのをよして、黒猫がひらたい顔を柊子に向けた。にゃあ、のかたちに口を三角にひらく。にやりと笑ったような気が、柊子にはした。

12　ラ・ヴィ・アン・ローズ

爾来《じらい》、樋渡徹とはうまくいっている。

とはいえ、三十を越した男女が深まっていこうというのだから、波風くらいは立った。

軽口をいい合っているときには、餅つきでいえば、杵《きね》をふるう者と餅をこねる者のように呼吸が合うのだが、いわゆる「真面目」な話題にふれたら違和感が生じた。かすかだったが、スカートの裾をかがった縫い目が一部ほころび、布地がたれさがるような感じがあった。テレビのニュースを観ながら感想をいい合うと顕著になる。政治にせよ、社会にせよ、事件にせよ、起こった事柄にたいして本気で嘆き、憤る柊子には、樋渡徹の反応が物足りない。かれは、ため息をつくきりだった。長短の差こそあれ、息をつくだけの反応しか見せない。

「ちょっと」

柊子は胸から先にかたわらの樋渡徹を向き、

「一緒に怒ろうよ」

と、持ちかけてみたりした。テレビのニュースが伝える世のなかは、おしなべて胡《う》乱《ろん》であり、腐っており、待ったなしといっていいほどの危機にある。しかし、かれの返事は「仕方ない」のひとことだった。

そりゃあ、仕方ないかもしれないけれど、というのが、柊子のいい分だ。でも、それをいったら、話は終わりじゃないの。それじゃあ、なんにも変わらないのよと樋渡徹の膝を揺すっても、かれは「仕方のないことなんだ」と繰り返すのみだった。

繰り返すうち、万感胸に迫るという顔つきになっていく。柊子は口をつぐむよりほかなかった。かれの胸のうちに寄せた「万感」の正体がわからない。さほど大きくない目が、水で洗ったように澄んで見えてき、つめたそうである。深い森の奥にあるみずうみに、黒い樹影が映っているようだ。石を投げ入れても、波紋が立たない感じだった。

そんなとき、このひとは他人なのだと柊子には思われた。かれは、諦めるところからスタートするひとのようにも思えた。諦めた向こうにある「その先」に、かすかな希望を残しているとも思われる。希望と呼ぶには気恥ずかしいほどの、米粒みたいな期待である。

歯磨きをしながら居間を歩き回る柊子の癖。もう一度読もうと樋渡徹が思っていたおとといの新聞まで柊子がちり紙交換にだしたこと。樋渡徹が電気剃刀《かみそり》で髭《ひげ》をあたったあと、黒粉がついたままの洗面台。柊子がひとりで使っていたときよりもよごれる手洗い。たがいの住まいをいききする恋人同士に、いさかいの種は、思ったよりもたくさん、あった。ちょっと揉めたのち、歩み寄る。譲歩し合って落としどころを見つけることもあれば、なしくずしになることもあった。生活、が、ふたりのあいだで幅をきかせてくる。しかし、それでも、ロマンチックな夜があるのだった。

それは、たとえば、一日の仕事を終え、値段のわりにはおいしいワインを、コンビニまで、ふたりで歩いて買いにいく夜だった。往復十分ほどの道中では、おもに、その日の夜空についての話をする。月や星がでていれば、月や星がでているといい、雲がかかっていれば、雲がかかっているといい合う夜だ。

柊子の家に帰ってくれれば、居間のソファに隣り合わせて腰かけて、スタンダードミュージックに耳をかたむける。

ワインのコルクを抜く、樋渡徹のようすが、柊子はいつまでたっても好きだった。かれは、Tの字形のワインオープナーを、フォークボールを放るような握りで持つ。小さなドリルをコルクに垂直にめりこませていく。唇は軽く結んでいる。ややうつむいているから、前髪がひたいにかかっている。真剣なおももちだ。でも、かれは、いつも、朝飯前のようにやりとげた。

二杯ものめば、柊子は樋渡徹のほうに頭をのせたくなる。しなだれかかって、かれの耳のしたに鼻先をくっつけたくなる。目を閉じて、小柄で痩せたフランス女が歌う曲を追いかけるようにして口ずさむと、からだがゆっくりと揺れ始める。樋渡徹も鼻歌を歌いながら、顎で拍子をとっている。

「ダンスでもしますかね」

口もとに笑みを浮かべて、誘ってくることがあった。

「まさか」

柊子は、いやだわ、奥さん、というような手振りをして、かれの誘いを冗談にする。そんな恥ずかしいこと、といいつつ、つい誘いにのってしまう夜がある。

咳払いしてソファから立ちあがり、手と手をかさねる。胸も合わせる。照れ笑いを浮かべながら、ローズウッドの無垢板をしきつめた二十畳の居間で、その場でぐるぐる回るだけというへたなダンスを、ほんの少しのあいだ、やった。

いい夜だと柊子は思った。カーテンを引いた窓の向こうに広がる遠くの海から潮騒が聞こえてきそうだ。祖母もきっと、祖父とこうしてダンスをした夜があっただろうと思えば、まぶたがぬるんでくる。樋渡徹の肩越しに、タイム屋文庫店内がゆるやかに回っていた。本の背表紙も、薪ストーヴも、マラカスを振るソフトビニールの熊の貯金箱も、みんな。


樋渡徹は料理人だが、仕事以外では腕をふるおうとしなかった。柊子のこしらえた総菜をおおむね黙ってたべている。たまに「旨い」と褒めることがあった。しかし、「ほんとうに旨いものがくいたくなったら、おれがつくる」と憎らしいこともいうのだった。それでも、だいたい毎食、礼をいう。結婚して七年になるが、まだ、いってくれる。

求婚されたのは、柊子の家の二階に台所を取りつけてくれたじいさん軍団のひとりが亡くなったときだった。作業中、ごみをあつめる係だったたじいさんだ。釣りにいったり、山菜をとりにいったり、助平をしたり、愉快にやっていたが、病をえたので、かなわなくなった。見舞にいった柊子に「だいぶ、まいった」と目で笑った。「こんなんなったら、おしまいだ」と管をくっつけられた自分の腕に視線を投げて、下唇をつきだした。

「めしもくえないべし、小便にもいけないべしでよ」

丸太ん棒みてたに転がってるきりだあ、と呟いた。なさけねえなあ。

じいさんの葬儀は教会でとりおこなわれた。子どもも孫もクリスチャンであったらしい。柊子は樋渡徹と参列した。じいさん軍団も参列した。一張羅じみた黒い背広を着込み、天に召された仲間に献花し、賛美歌を歌った。

歌うのもわるくねえな、と、式が終わってから、小声でいい合っていた。じいさん軍団の四人とも、ちゃんと賛美歌を歌っていた。曲調をおぼえた二番からは、朗々と声を張った。

「いかったんでないのか」

なんもかも、いかったんでないの？　と、じいさん軍団のひとりがいった。ズボンに両手を入れて、肩を揺すっているあたり、マドロスさんのようだった。外股で歩いていって、足を止めた。

「なあおい、そうだよな」

振り向いて、柊子たちに確認した。

「んだな」

賛同の声が次々とあがった。柊子も、んだな、と、口のなかでいって、樋渡徹を見あげた。んだべなあ、と、かれは腕を組み、静かに笑った。

じいさんたちと教会の前で別れた。じいさんたちは、わしらはこれから、のみにいきます、と、かしこまって一礼した。禿頭や、白髪がちょぼちょぼとはえた頭などが五月雨《さみだれ》式にあがっていったら、その日もっとも厳粛な表情があらわれた。四人が四人とも、歯をくいしばっていた。

セタナさいって、船、借りて。二階に台所を取りつけていたときの休憩時間、じいさんたちは車座になって、愉しみごとの相談をしていた。セタナってどこですか、と、訊いたことを柊子は思いだした。あっこいった先だ、という答えが返ってきたことも思いだす。あっこいった先、に、ごみをあつめていたじいさんは、ひとりででかけていったのだろう。

樋渡徹と、それぞれの住まいに帰ろうと歩き始めた。教会のすぐ近くに、食堂があった。古い、木造の建物だった。木は黒ずんでいて、市井《しせい》の片隅に沈み込むような色合いである。学生や労働者がどんぶり飯をおかわりするような食堂だった。店先にかかっている暖簾《のれん》だけが白い。

その店の前で樋渡徹が立ち止まった。小樽は坂の多いまちだ。平坦な道はほとんどない。たいらに見えても、どこかしら、かしいでいる。あるいはそう思える。

「一緒になるか」

というようなことを、樋渡徹は、たしか、いった。正確なことばを、柊子は憶えていない。不意打ちをくらった感じだけが胸に残っている。このままいけばそうなるだろうなとは思っていた。しかし、そうなるだろうな、の、「そう」を具体的なことばに置き換えることができなかった。わたしたちは、ずっとこうしているのだろうなとも思っていた。しかし、「ずっと」もまた、具体的なことばには置き換えられなかった。少なくとも、わたしたちは、ずっとこうしているのだろうな、の「こう」よりは不鮮明だった。

「それもいいかも」

と答えたら、柊子の頬に微笑があがった。

「それ、すごくいいかも」

「だろ?」

樋渡徹は鼻の頭を親指で擦った。黒いネクタイをちょっとゆるめる。スーツすがたのかれを見るのは、柊子は初めてだった。不謹慎とは承知のうえで、わるくないと思っていた。

かれは、顎をややあげて、白いワイシャツの一番うえのボタンをはずした。喉仏が自由になる。唾をのみ込んだら、ころりと動く。はからずも、という具合にセクシーな樋渡徹の喉もとを柊子は見ていた。その目が、奥のほうから湿ってきた。こんなふうに、かれは、ときに、柊子をノックアウトするのだった。あのときも、あのときも、と、かぶりを振ったら、柊子の胸に、蜂の巣状になった過去のシーンがすぎていった。

この男が、わたしの夫になるのだと思った。目の前にいる、この男の妻になれるのだと思うと、胸をなにかが駆けあがってきた。その「なにか」の内訳は、しかとはいえなかった。嬉しさだとしたら、どうやって嬉しんでいいのかわからないほどの嬉しさであり、不安だとすれば、今後の人生がいま決まった、決めてしまったというような不安だった。「なにか」は、しかし、発光していた。いっぱいに明るい。光が混声合唱団の歌声みたいに幾重にもかさなっていた。柊子は息をもらした。その息だって、白日のように明るかった。

樋渡徹が、食堂を指差した。指をたどっていった柊子の目の先に、白い暖簾が微風にあおられ、はためていた。たっぷりとした筆字で、食堂の名前が記されていた。ハレルヤ食堂、と、読めた。

結婚した翌年、子どもがうまれた。夏子という名は樋渡徹がつけた。盛夏に誕生した女の子だからだ。お産は柊子の係で、名づけは樋渡徹の係と決めていた。かれは姓名判断の本を何冊も買い込んだ。研究に余念がなかった。妊娠の経過にも詳しくなり、平均数値（体重の増加や胎児の大きさなど）と柊子のそれとを照らし合わせては、気を揉んだ。産み月が近くなればなったで、心配はさらに増えたようだった。Xデー、と、出産当日をそう呼んで、それが、いつ、どのようにしてやってくるのかをシミュレーションしていた。うまれるときはうまれるんだし、と、鷹揚《おうよう》にかまえる柊子の母や姉の言にうなずきながらも、釈然としないようだった。今回ばかりは「仕方のないこと」で済まされないふうだった。

子どもの名づけに関しては、わかった、まかせろ、と、かれは、たしか胸を叩いたはずだった。しかし、研究するうち、迷いがでてきたらしい。おれは、もう、名前がどういうものかすらわからなくなった、と、弱音を吐くことさえあった。なにが「いい名前」で、なにが「わるい名前」なんだ。いいわるいがあるのか。

それでも、名づけたその瞬間から、胎児だったかれ（もしくはかのじょ）がその名で呼ばれるのだと思うと、なんとしても「いい名前」をつけてやりたくなるらしい。

画数に振り回されるのも、親の願いを込めすぎるのも、かれの趣味に合わなかったようだった。

「こいつがここからでてきたら」

せりだした柊子のお腹に手をあてて、樋渡徹は呟くことがあった。うんうん、と、合間合間でうなずくのは、少し酔っているせいだった。

「こいつはおれたちの仲間になる」

かれは、家族、ということばを慎重に避けた。面映《おもは》ゆかったのかもしれないし、持ち重りがしたのかもしれない。うんうん、と、うなずいていた。

「しばらくのあいだは、おれとあんたで面倒をみなきゃならないが、こいつは、いずれ、世のなかにでていくことになる」

うんうん。

「腹からでるときも、世のなかにでていくときも、こいつはひとりだ」

死ぬときもね、と、かれは浅く笑った。それは、仕方のないことなんだ。うんうん、と、わりと急いでうなずいた。しかし、おれとしてはだな、と、声を張った。

「一部始終を見ているひとはいると思うんだ」

天網《てんもう》恢々《かいかい》疎《そ》にしてもらさずだ。これはおれの座右の銘だとひとりごちたところを見ると、本心からのことばだろうと柊子は思った。樋渡徹がつづけた。

「見ているひとがいるなんて、ふだんは意識しないけど、でも、気づくときがあるんだ」

すげえピンチのときだ。そのとき、助けてくれるひとがあらわれるかどうかだ。あるいはまた、すげえ調子にのったときだ。そのとき、のびるだけのびた鼻をへしおってくれるひとがあらわれるかどうかだ。それを。

「ありがたいと思えるかどうかだ」

気づくかどうかだとひと息にいって、かれは少し間をおいた。

「力説しちゃってるな、おれ」

「わかるよ」

柊子が樋渡徹の手に手をおくと、

「わかるか？」

と、かれは笑った。目尻と口のまわりにしわがはいった。その顔を見て、柊子は、だから、と、いいかけた。だから、わたしたち、結婚したんじゃないの。

樋渡徹が口をひらいた。

「場面で決める」

なにを？　と柊子が問うたら、名前、との答えがくる。柊子のお腹をそっと撫でた。

「こいつがここからでてきたとき」

うんうん。

「世界ってやつがどれだけ美しかったのかを、おれはだな、親としてだな、教えてやりたいんだ」

そのとき、おれの目に映った世界だ。おれは、たぶん、すごく喜んでいると思うんだ。おまえがうまれてきて嬉しいと、掛け値なしに思ったやつがいたことを、おれは、こいつに伝えたいんだ。いつだったか、と、かれは区切りを入れた。二度はいわないと前置きして、柊子にいった。

「あんたがうまれてきてくれてよかったと、おれが思ったようにね」

ほら、いっちゃったじゃないか、と、かれは赤ワインをがぶがぶのんだ。子どもができるってのに、おれたち、熱々じゃないかと口のはたを片方持ちあげて、笑った。

七月下旬の真夏日に、柊子は産気づいた。樋渡徹に連絡を入れてから、病院にいった。レストランの営業を終えて、かれが病院にきたときには、うまれていた。柊子の枕もとに寝かされた赤ん坊を、腰をかがめて、かれは見た。かれの息はまだあがっていた。急な石段を、なだらかな坂を駆けおりて、病院までやってきたのだ。日中の暑さが残る道を、日が落ちて、一層濃くなった樹木のにおいがただようなかを、かれは走ってきたらしい。消毒液や、乳のにおいが充満する産院に、かれは外のにおいを持ち込んだ。それは、夏のにおいだった。

今年の春、みっちゃんが結婚した。レストラン・ヒワタリで結婚披露のパーティをした。六歳になる夏子が、新婦に花束を渡す大役をおおせつかった。みっちゃんがお嫁さんになる、という事実をまだ上手にのみ込めないようだった。それでも、かのじょなりに納得してはいるらしい。みっちゃんも、おかあさん（柊子のこと）みたいになるんだね、と、柊子の結婚披露宴の写真を見て、いっていた。柊子と樋渡徹の披露パーティ会場も、レストラン・ヒワタリだった。

みっちゃんというのは、間借り人だ。柊子の家の二階で暮らしていた。その前はタイム屋文庫の客だった。「現状」と変わらぬ夢をみて、意気消沈していた女の子だ。月に二度はやってきて、「夢」をみようとがんばってうたた寝していた。目覚めては、落胆していた。そのあと、柊子と話をして、帰っていくのがつねだった。慰めるでもなく励ますでもない柊子の話を聞くうち、いつしか、みっちゃんはうたた寝をやめた。それは、諦める、ということにとても近い行為だった。でも、みっちゃんは以前より快活になり、よく笑うようになった。いつまでも、いまとおんなじすがたの自分の夢しかみられなかったみっちゃんは、その夢を「わたしは、これくらいのわたしなんだ」と読み解いたらしい。ひとりで、仏頂面で、なにやら書きものをしているすがたの夢だそうである。

大学を卒業して、繊維問屋の事務員となったみっちゃんは、自宅をでて、ひとり暮らしがしたいといった。そんなら、うちの二階があいてるよと、なんの気なしに柊子が応え、みっちゃんは、タイム屋文庫の二階に住むこととなったのだった。

そのときには、柊子は樋渡徹の家で暮らしていた。夏子は二歳か三歳だった。妊娠を機に新聞配達は辞めていた。レストラン・ヒワタリの経理をまかされていた。タイム屋文庫の店をあけるのは、レストラン・ヒワタリが休みの日と、土曜日曜の数時間となった。ありがたいことには繁盛しており、客足が途絶えることはなかった。トコトコと歩き回る夏子の評判も上々で、うさぎのぬいぐるみをおぶった夏子をおぶってお茶をいれる柊子のようすも評判がよかった。みっちゃんも手伝ってくれた。

週休二日の勤め人のみっちゃんが、土日の終日、タイム屋文庫を切り盛りしてくれた。売上も帳面に記入してくれた。みっちゃんが書く数字は、斜めにきれいに揃っていた。みっちゃんは、人手の足りない小さな会社で、平日、しゃかりきになって働いて、土日は土日で、こうしてこまごまとした数字を帳面に書き入れているのだなあと柊子は思った。ひとりで、仏頂面で、なにやら書きものをしているすがたの夢、というのは、あたっているのかもしれないなあと思われた。

顔そりもしないし、眉のかたちも整えないみっちゃんは、身なりも質素だ。痩せたからだを、五年もの以上の衣服に包んでいた。笑うようにはなったが、愛想がいいほうとは決していえなかった。柊子は、かのじょに、リスのお古を何枚か、あげた。そう、リス。タイム屋文庫に二十五日間だけいた、正体不明の女の子。リスが好んで着ていたもの、柊子がリスに着せたかったものを、みっちゃんは喜んで着てくれた。

そんなみっちゃんが恋に落ちた相手は、木島みのりの知人だった。木島みのりはしばしば知り合いをタイム屋文庫に連れてきていた。だまされたと思って、といって、うたた寝をさせた。その日、木島みのりが連れてきた大柄な男性は、散歩の名人、というふれこみだった。本業は、短大の社会学の講師らしい。筆名を用いて、散歩の愉しみのあれこれをエッセイにしたためているのだそうだ。髭面の、黒ぶち眼鏡の、毛玉のついたセーターを着た太めの中年である。おとなしく木島みのりの説明を聞いていた。しかし、さあさ、横になって、と、木島みのりがせっかちにうながしたタイム屋文庫での様式を、かれはきっぱりと断った。

「いや、そんなことはしなくていい」

といい切ったかれの科白は、レストラン・ヒワタリでの結婚披露パーティで、スピーチに立った木島みのりにより、出席者一同に紹介された。

「夢をみなくてもわかる」

この髭面の熊のような中年男がそう申しまして、と、木島みのりがいった。そこにおられる、と、ウエディングドレスすがたのみっちゃんを、指をそろえて指し示し、

「かのじょに陶然としたまなざしを送り、『わざわざ夢をみる必要などない』と」

めっぽういかしたことを申しまして、この熊が。


じき、七月。八重山吹は、藪《やぶ》の様相を呈するほどに大きくなった。毎年、ひとにぎりの寒肥をほどこしていたからだろう。黄色い花をたくさんつけていた。柊子は八重山吹の根もとにしゃがみ込み、ひこばえを抜いている。風が吹いて、柊子の額を撫でていった。

「おかあさん」

と呼ばれて、顔をあげたら、夏子がじょうろを持って立っていた。かのじょ曰く、

水やりをしたら、八重山吹は、うひょう、気持ちいいです、夏子ちゃんというのだそうだ。

そういうこともあるかもしれない、と、柊子は思う。そうして、そう思うことは、ほかにもあった。

桐のたんすの引きだしには、「大事なもの」がはいっている。祖母のツボミの宝物に加え、柊子と樋渡徹の結婚披露パーティの写真や、記念日にことよせて抜いたシャンパンのコルクや、コルクといえば、へたなダンスを踊った夜にあけたワインのコルクもはいっている。みっちゃんの結婚披露パーティで、夏子が渡した花束を括っていた針金や、乾燥して変色したガーベラの花びらもはいっていた。柊子が知らないうちに夏子が入れたものだった。

「夏子？」

それらを見つけた柊子が、娘を振り向くと、夏子はちょっと身構えた。だって、と、唇をとがらせる。叱られると思ったのだろう、早くも半泣きである。

「大事だから」

と、ようやくいった。柊子と視線を合わせてくる。黒い、ボタンみたいな目には、見憶えがあった。コートの一番うえのボタンみたいな目をした少女とすごした二十五日間は、柊子の胸に、いまもあざやかに残っている。柊子は夏子を抱きしめた。リスに、そうしてやりたかったように。

柊子の結婚披露パーティの写真を見るのが夏子は好きだ。急な石段を柊子と手をつなぎながらゆっくりおりて、右見て左見てもう一度右を見て、手をあげてバス通りを渡り、青いトタン屋根の家にいくのも、夏子は好きだった。かのじょにとっては、ひいおばあちゃんの家だった。母と、二階を探検するのも愉しみのひとつである。がらくたをひとつひとつあらためて、むかし話を母から聞く。夏子にしてみたら、ひいおばあちゃんの話も、お嫁さんだったころの母の話も、いっしょくたに、むかしのことだ。

「このひとは」

新聞屋の奥さんを指差し、柊子がいう。

「タイム屋文庫のお客さん第一号」

写真におさまった新聞屋の奥さんはご主人ともども緊張している。真珠の耳飾りに始終手をやっていた。ご主人は、ポケットチーフを気にしていた。その通りに写っている。

「このひとたちは」

二階に台所を取りつけてくれたじいさんたちはひとり減って四人だった。皆、きこしめして、赤い顔をしている。

「札幌のおじいちゃんとおばあちゃんとおばちゃんと旭はわかるよね」

柊子の実家の面々は、気安いパーティだといっておいたのに、盛装していた。父はモーニングを、母と姉は留袖を着込んでいた。旭も髪を横分けにし、ネクタイを結んでいる。先だって、姉に打ち明けられたことを柊子は思いだした。片思いをしているの、と、姉は告白したのだった。相手は、かのじょが勤める個人病院に出入りする薬屋さんだそうである。でも、十くらいも年下なの。ううん、思っているだけでいいの、と、思春期の女の子みたいなことをいっていた。

「みのりちゃんだ」

夏子が木島みのりを指差した。かのじょは相も変わらず多忙な日々を送っている。合間を縫ってスポーツクラブに通っており、どういう経緯かは知らないが、ただいま、マラソンに熱中している。目標はホノルルマラソン完走だそうだ。

「フジコさんもいるね」

出席者のひとりひとりを柊子が話しているので、夏子は、かれらを近しく思っている。フジコさんというのは、フジコ・ヘミング似の、柊子が新聞配達をしていたときに担当していた家のひとりだ。朝刊が配達されるのを玄関先で待ち構えていたひとり暮らしの老女である。文鳥じいさんも招《よ》んだ。秋田犬を多頭飼いしていた家のひとも、芸術家にもきてもらいたかったが、面識がないので遠慮した。新聞配達所の皆さんが喜色満面で顔をならべる隣で、若い男女がかしこまっている。タイム屋文庫常連客第一号のかれらだ。前髪をかっきり揃えた男子と、にきびを派手にちらした大柄な女子はほのかな紆余曲折《うよきょくせつ》をへて、現在、友人という関係に落ち着いている。

再婚した樋渡徹の母が、連れ合いをともなって、におやかな笑顔を浮かべていた。正月に訪ねるほどのつき合いだが、いけばかならず歓迎してくれる。レストラン・ヒワタリの従業員の顔ぶれはすでに懐かしい。厨房のひとりのほかはバイトだったから、みんな入れ替わった。披露パーティで初めて会った樋渡徹の友人とは、いまや家族ぐるみで海にいったりバーベキューをやったりする仲である。

夏子に水やりをしてもらって、八重山吹は浅いみどり色の葉をかがやかせている。柊子は夏子と手をつないで家のなかにはいっていった。みっちゃんがお嫁にいってのち、寝起きするひとのない青いトタン屋根の家である。

タイム屋文庫には、久方ぶりに新刊が加えられていた。ひとりで、仏頂面で、なにやら書きものをしている夢しかみられなかった女の子が本をだしたのだ。著者謹呈と短冊が挟み込まれた単行本が郵送されて、柊子は驚いた。みっちゃんが小説を書いていたなんて、知らなかった。ゆえに、タイム屋文庫の本棚には、『タイム屋文庫』というタイトルの本がひっそりとおさめられている。

一女をもうけた夫婦だというのに、柊子と樋渡徹には、依然として、「いい夜」があった。

青いトタン屋根の家に家族そろってお泊まりにいったときだ。絵本を読んで、娘を寝かしつけたあと、軽くのんで、夫婦でへたなダンスをやる夜である。かける曲は決まっていた。小柄で痩せたフランス女が薔薇色の人生を歌う曲だ。隣人、親友、恋人、夫、おとうさん、と、いまでも折々に役割を変える樋渡徹の肩に顎をのせて、柊子は考える。

そっと呟くだけで、人生が薔薇色に染まることばがある。

ここにこられて、よかった。「ここ」は案外遠くて、案外近い。きっと、だれにとっても。

タイム屋文庫は現在閉店中だ。開店する予定はいまのところない。ただし、二階はあいている。交渉しだいでは、間借り人になることができるかもしれない。少なくとも、店主には、その用意がある。

解説

谷川直子

『夏への扉』という小説がある。ハインラインの不朽の名作ＳＦだ。文化女中器《ハイヤード・ガール》というロボットを発明したぼくが、友達と恋人に裏切られ冷凍睡眠《コールドスリープ》で三十年先の未来へ行くものの、不幸な現実を正すためにタイムマシンでまた三十年前に戻り悪戦苦闘する、というストーリーなのだが、その冒頭に飼い猫ピートの話が出てくる。ピートは冬が大嫌いで、家に十二個ある扉のどれか一つでも夏へつながっていないか一つ一つ試していくというのである。とっても印象深い始まりなのだ。

『タイム屋文庫』も猫の登場で始まる。顔の大きな黒猫がほんとうにいきなり主人公・市居柊子のまたの間にはさまっている。それに気づかず柊子は寝入っていたのだ。

どこからきたんだといいたくなって柊子は少し笑った。おまえはいったいどこからきて、どうしていま、ここにいるんだ。

これがこの小説の大きなテーマだ。私たちはいったいどこからきて、どうしていまここにいるのか。普段は隠している不安な部分をツンツンとつつかれ、始まって三ページで読者は小説の世界にぐいっと引き込まれる。

「タイム屋文庫」。聞き慣れないこのタイトルは、お話の舞台となる貸し本屋さんの名前だ。店主は主人公の市居柊子。札幌でスポーツメーカーの営業事務職に就いているが、上司と不倫関係を二年続けている。ちょっとビミョーな三十一歳独身女子である。

十一月のある日、祖母のツボミが百一歳で死んで、柊子は小樽に飛んでゆく。お通夜の後、ツボミの家で夢を見る。柊子は十六歳でツボミは八十五歳。若いとき友達と家出して北海道へやってきたというツボミに「どうしてこのまちに来たの?」と柊子が聞くと、「おまえたちに会うためだよ」と答える。そこでパッと目が覚めて前出の黒猫と目が合う。

ひとまたぎした感じがあった。
糊しろ。あるいは宇宙のようなもの。
そこを、ひょいっと、ひとまたぎした気がした。

独特の比喩でたたみかける朝倉節がサク裂する。なんだかよくわからないけれど、時空がぐいっとここでゆがむ。

柊子はその次の日から動き始める。上司と別れ会社を辞め、札幌から小樽のおばあちゃんの家に引っ越し、そこで貸し本屋を開くことに決めてしまうのだ。初恋の相手、たった一度しかデートしたことのない、なのに「ケッコンとかしてください」と言ってしまった男の子・吉成くんが「タイムトラベルの本しか置いてない本屋があったらいいな」といったのを覚えていたから。それから十五年かけて柊子が集めたタイムトラベルにちなんだ本、CD、DVDが五百もあり、それをツボミの家に持ち込んで、「タイム屋文庫」という名前にしようと決める。

たとえば、砂浜で、丸めた花ござを括っているひもをほどくとしよう。安っぽい薄手のござは龍の舌さながらに波を打ち、どこまでものびていくと、ひとまず、こういうことにする。

しばし呆然とながめようではないか。龍の舌が水平線をめざしてうねりながらすすんでいくのを半びらきの唇でもってながめよう。

すると、ほら、龍の舌は水平線をつっきって、先がぜんぜん見えなくなった。ここでひとつ息をつく。腰に手をあててもいい。振り向くと、自分が見えるはずだ。

再び朝倉節のサク裂。ここ、大切である。このあと最後まで龍の舌の先がどこに向かっているのか、読者も柊子と一緒に探っていくことになるからだ。

で、柊子は近所のレストランにチラシを持っていって樋渡徹と出会う。ツボミから柊子のことを聞いていて、ちょっと間抜けな柊子にダメ出ししてくれるようなしっかりした人だ。樋渡徹の助言で、タイム屋文庫はおばあちゃんの居間でお茶を飲みながらくつろいで本を読めるような空間になる。ひょんなことからリスという家出娘も居候するようになる。

そのタイム屋文庫で寝てしまった人が三人いた。友だちでフリーライターの木島みのり、夫に裏切られて傷心の姉、そして樋渡徹。彼らは自分の未来を暗示する夢を見ていた。そのことをみのりがフリーペーパーで紹介すると、それが評判になる。かくして「未来を見られる貸し本屋」としてタイム屋文庫は繁盛するようになるのである。

「なんだかイージーな展開じゃない？」と思われた方は思い出してほしい。おばあちゃんのツボミが死んだ翌日、ツボミの家に泊まった柊子が見たものはなんだったかを。十六歳の柊子がおばあちゃんになぜここにきたのかと聞き、「おまえたちに会うためだよ」と答えたあのシーンである。そのとき柊子はツボミの若いときの姿を見ている。ツボミの家は、いくつもの「いま」が併存する、時と時を結ぶ特別な場所なのだ。

それだけではない。柊子は十五年もかけてタイムトラベルにまつわる物語を追い求めてきたタイムトラベルマニアなのである。さあ、何か思い出しませんか？　そう。キンセラの名作『シューレス・ジョー』だ。「きみがそれを作れば、彼はやってくる」という声に従い自分の農場に野球場を作った主人公は、熱狂的な野球ファンだった。その野球場には過去から偉大な野球選手シューレス・ジョーがやってくるのだが、柊子の場合は「タイム屋文庫」をつくったらそこには「彼」、死ぬほど会いたいと思っていた人がやってくる、となる。

タイムトラベルに情熱と時間を費やした柊子は、たとえば時間とは何かとか、いまとは何かとかを追究してきたはずの人間であり、きっと量子物理学における観測問題、エヴェレットの多世界解釈、多元宇宙論なんかにも詳しいはず（勝手な想像だが）。だからこそ奇跡の店「タイム屋文庫」を作り出すことができたのであって、ちっともイージーではないのだ、と私は思う。

さて、この小説の一番の読みどころは「タイム屋文庫」という店そのものである。「タイムトラベルの文庫屋　時間旅行の本、貸します」

こんな看板を見たら、ドアを開けずにはいられない。中に入ると板張りの二十畳の居間。黒い大きな薪ストーブ、三人がけのびろうど張りのソファ、天井にはシャンデリア。旧式ステレオから流れてくるのはスタンダードミュージック。いったいどんな本が置いてあるんだろう。タイムトラベルにちなんだ本やCDやDVDが五百もあるなんてすごい。そのうちいくつ知っているか、読者ならつい考えてしまうはずだ。そしてお店の発案者、吉成和久くんに会いたくなってしまう。

次なる読みどころは、柊子の友人・木島みのりの夢解釈じゃないだろうか。

木島みのりがタイム屋文庫で見た夢には、ローランドゴリラが出てくる。みのりはベンチに座って缶コーヒーを飲みながら、四角い檻の中をいったりきたりするゴリラから「安全な野生」や「手のうちのスリル」を感じとる。夕方になって飼育員がえさをかかえて檻の中に入ってきてショータイムが始まる。ゴリラは飼育員としっかり目を合わせ、鬼ごっこをしながら、りんご、バナナ、食パンをすべて手に入れる。そして檻の中でもそもそと食事を楽しむ。なんのことだかわからない。しかしこの夢を見たみのりは悟るのだ。

「毎日、おんなじことの繰り返しなの」

居酒屋やカフェやレストランにいっては名刺をだして、取材して、広告も頼んで、断られても、また次回よろしくお願いします、と頭を下げて、字数通りにうまいことまとめて、うまいことまとめられるのは、すでにあたしのなかでパターンがいくつかあるからで、そのパターンを使い回しているだけで、それって、と、木島みのりはここで息をついだ。

「りんご、バナナ、食パンみたいな感じなの」

読者は情報が欲しいだけで、どう書いてあるかなんて問題じゃないのだとみのりは言う。

「でも、あのゴリラはえさをくれる飼育員と追いかけっこをして、あそんでいた」

たとえ毎日おんなじことの繰り返しでも、檻のなかにいたとしても、アクセントはつけられる、そう思ったの。本気であそぶ余地があるってことよ。

みのりは夢の中でゴリラにリンゴの種を吐きつけられ、それが心の中で芽を出して、その実をもいで食べながら記事を書く。「あたしが書かなきゃだれが書くのよ」と言いながら。

このシーンにはぐっときた。私自身が原稿を書く商売だからというだけではない、大きな共感を呼ぶ夢解釈だと思うのだ。

読みどころの三つ目は、吉成くんと樋渡徹。

吉成くんと再会して、「初めてのデートを巡るツアー」に出るくだりは、クライマックスへつながる重要なシーンだ。吉成くんが、柊子と会っても驚かなかったこと、「ケッコンとかしてください」という言葉を忘れていなかったこと、お互い同じ時期に転職してUターンしていたこと、肩がふれたこと、十六歳を思い出し、目が合って素早くキスされたこと。あんなに会いたかったのに、と柊子は思う。龍の舌の先が円環をつくって、十六歳の吉成くんに行きつくと思ったのはまちがいであったことを知る。せつない。

親切にされて、寄っかかって、受け止められて、肉体的にも満足して、でも待っていたのは吉成くんだから、と遠ざけて、けれどけっきょく行きついた先が樋渡徹だった。

「おばあちゃんがわたしたちに会うために、家出をして、津軽海峡を渡ったように、わたしは、あなたに会うためにこのまちにきたってわけよ、どうよ」

そう柊子が喧嘩腰で宣言するシーンは、まちがいなくこの小説のクライマックスで、ほんとによかったなってホロリとしてしまう。いや、吉成くんと結ばれた方がよかった、とおっしゃる方もいるでしょうが。

と、読みどころを大きく三つ挙げたが、全編を通じて重要な役割を果たしているのが、柊子の祖母ツボミである。柊子が拾ったリスという家出娘も重要だが、これはツボミの化身であると読める。

ツボミは「わたしはどこから来て、どうしていまここにいるんだ」という問いに真剣に向き合っていた人なのだろう。百一歳まで生きて、人間でないものの言葉まで聞けるようになって、ツボミはその問いの答えを見つけたにちがいない。そしてタイム屋文庫という場所にその答えを残していった。そう考えると、時間とは何か、運命とは何かという壮大なテーマを掲げながらも、この小説が全編を通じて血のぬくもりを感じる、やさしさにあふれたものになっている理由が見えてくるのである。

さて、この小説にはタイムトラベルにちなんだいくつかの小説名が文中に出てくる。各章のタイトルに使われているものもあり、各所にタイムトラベル名作へのオマージュと思われる仕掛けもあるので、名前の出てきたものだけでも簡単に紹介しておきたい。

『夏への扉』ロバート・A・ハインラインの不朽の名作SF。ストーリーは冒頭に紹介。

『アンドロイドは電気羊の夢を見るか?』フィリップ・K・ディックのSF小説。第三次大戦で地球は放射能に汚染され、生きた動物を所有することが富の象徴となった。ほんものの羊を飼うため、リックは賞金目当てで火星から逃亡してきた人間そっくりのアンドロイドを狩ることになる。映画「ブレードランナー」の原作。

『たんぽぽ娘』ロバート・F・ヤング作の名作SF短編。マークが丘の上で出会ったたんぽぽ色の髪をした娘は、タイムマシンに乗って未来からきた人間だった。ある日妻の古いトランクの中に彼女のドレスを見つけ……。

『シューレス・ジョー』W・P・キンセラの傑作長編小説。映画「フィールド・オブ・ドリームス」の原作。

『ふりだしに戻る』ジャック・フィニイのファンタジー。政府の秘密プロジェクト要員としてスカウトされたサイモンは、当時の生活様式を真似その時代をイメージすることで一八八二年のニューヨークへとタイムスリップする。結末がタイトルと見事に呼応する大作。

『マイナス・ゼロ』広瀬正のタイムトラベル小説。一九四五年、空襲のさなか、俊夫は息絶える寸前の隣人「先生」から十八年後の今日、ここへ来てほしいと頼まれる。十八年後約束の場所に行くと、そこにはタイムマシンがあり、中から先生の娘が昔と同じ姿で現れる。好奇心からそれに乗って時を越えた俊夫は、昔から戻れなくなり……。

『御先祖様万歳』小松左京の傑作短編。失業しておばあちゃんのところへ帰った僕は、納戸で見つけた古い写真に現在より五年後の風景が写っているのに気づく。おばあちゃんの所有している小高い山が怪しいと見当をつけた僕は、過去につながる穴を見つける。穴を通じて江戸末期と現代の行き来が始まって……。

『タイタンの妖女』カート・ヴォネガット・ジュニアのSF小説。地球から火星、水星、太陽系を舞台に、人類の究極の運命をシニカルかつユーモラスに描いた感動作。『虎よ、虎よ！』アルフレッド・ベスターのSF小説。二十五世紀、瞬間移動の力を手にした人類は恐るべき惑星間戦争を起こしてしまう。そして、顔に異様な虎の刺青を入れられた男ガリヴァーの復讐の物語が始まる……。
『われはロボット』アイザック・アシモフのSF小説。ロボット工学三原則を創案した著者が描くロボット開発史。映画「アイ、ロボット」の原作。

著者の朝倉かすみさんは一九六〇年北海道生まれ。二〇〇三年に「コマドリさんのこと」で北海道新聞文学賞を、〇四年に「肝、焼ける」で小説現代新人賞を受賞。〇九年に『田村はまだか』で吉川英治文学新人賞を受賞。精力的にヒット作を輩出し続けている。

本作は二〇〇八年発表なので、初期作品と位置づけられよう。主語をはぶいた述語だけの「〇〇である」という朝倉文体は本作にも要所要所で見られ、読者の気をひきしめ、非常に気持ちのいいリズムにのせてくれる。

最後に、最も私の心に残った箇所を引用して、つたない解説を終わりたい。

ついにこの日がやってきた。感慨深く、そう思った。だって、きのうまでの柊子は開店日を「その日」と呼んでいた。それがきょう、「この日」になった。

そうして、と、柊子はさらに思った。あす以降、「この日」はまた「その日」になるだろう。わたしがきょうを思いだすことがあるとしたら、わたしはきっと、きょうを「その日」と呼ぶはずだ。「きょう」のうちだけ「この日」の「その日」。

（たにがわ・なおこ　小説家）

本書は、二〇〇八年にマガジンハウスから刊行された単行本に加筆修正したものです。

タイム屋文庫

潮文庫　あ－1

2019年　1月20日　初版発行

著　　者　朝倉かすみ
発 行 者　南 晋三
発 行 所　株式会社潮出版社
〒102-8110
東京都千代田区一番町6　一番町SQUARE
電　　話　03-3230-0781（編集）
03-3230-0741（営業）
振替口座　00150-5-61090
印刷・製本　株式会社暁印刷
デザイン　多田和博

ISBN978-4-267-02163-3 C0193